아이들의 집

정보라 장편소설

아이들의 집

열림원

차례

0.   알

여자는 물을 주었다. 시체는 바짝 마른 채 움직이지 않았다. 벽 안에서 삐걱거리는 소리가 들려왔다. 여자는 벽장 문을 열었다. 크랭크 핸들을 돌렸다. 손잡이는 움직이지 않았다. 톱니바퀴가 다시 삐걱거렸다. 여자는 한숨을 쉬었다. 인형을 더 구해 와야 했다.

밤에 노랫소리가 들리고 벽장 안이 삐걱거리기 시작하면 여자는 베란다로 갔다. 작은 베란다를 차지한 커다란 항아리를 열고 인형을 꺼내 와서 벽장 문을 열고 톱니바퀴 사이에 집어넣고 크랭크 손잡이를 돌렸다. 그러면 한동안은 벽 안의 삐걱거리는 소리가 잠잠해졌고 여자는 자신이 없는 사이에 벽이 조여들어 시체를 덮칠지 모른다는 걱정에서 잠시나마 해방될 수 있었다.

아기를 넣으면 좋을 텐데, 여자는 생각했다. 살아 있는 아기를 톱니바퀴 사이에 넣으면 벽이 조여들지 않을 텐데. 그러나 살아 있는 아기는 인형처럼 집 밖에 나가서 쉽게 구해 올 수 없었다.

'아니야.'

여자는 생각했다.

'어차피 금방 여기서 나갈 테니까. 살아 있는 아기를 데려오면 반드시 문제가 생길 텐데, 여기서 못 나가게 되는 짓은 할 수 없어.'

천장이 흔들리고 노랫소리가 들려왔다. 밤에 들리는 노랫소리는 여자가 혼자 그렇게 생각할 뿐 사실 노래하는 소리라고는 할 수 없었다. 가벼운 천이 서로 스치는 듯, 혹은 빨랫줄에 걸어 놓은 옷이 바람에 휘날리는 듯, 바스락거리거나 사각거리는 소리였다. 톱니바퀴 사이에 인형을 끼우고 크랭크 손잡이를 돌리면 삐걱거리는 소리는 멈추었지만 노랫소리는 멈추지 않았다. 그러면 여자는 시체에 물을 주었다. 여기서 계속 지낼 건 아니니까. 여자는 시체에 물을 주면서 생각했다. 언젠가 함께 이곳을 나갈 테니까. 그러면 벽이 줄어들지 않고 천장이 사그락거리지도 않는 곳으로 마침내 이사할 수 있을 것이다. 그때까지만, 여기서 임시로 지내는 것이다.

　- 나는 일어나지 않아.

　시체가 말했다. 여자는 대답하지 않았다. 그저 물을 더 주었다. 그러면 시체가 꿈틀거렸다. 꿈틀거린다고 여자는 생각했다. 죽었다고 시체는 말하지만, 죽지 않았다. 살아나고 있었다.

　- 나는 살아나지 않아.

　시체가 다시 말했다.

　"거짓말하지 마."

　여자가 대답했다.

　"움직이고 있잖아."

　- 그건 내가 아냐.

　시체가 설명했다.

　- 난 이미 죽었어.

　"재수 없는 소리 하지 마."

　여자가 말했다. 그리고 시체에게 물을 더 주었다.

　여자와 함께 지내면서 시체는 자라나기 시작했다. 시체를 감은 붕대가 부풀어 오르고 팔다리가 움직이고 어깨가 들썩거렸다.

　여자는 기뻐했다. 가끔 시체는 고개를 흔들었다. 그리고 말했다.

　- 물.

　여자는 물을 부어 주었다.

- 더.

여자는 더 부어 주었다. 그러면 시체는 만족한 듯 다시 고개를 바로 하고 누워서 천장을 바라보았다. 사그락거리는 소리, 바스락거리는 소리가 더욱 분주하게 들려왔다.

여자는 시체에 귀를 가져다 대었다. 시체는 들썩이고 있었다.

"살아 있잖아."

여자가 중얼거렸다.

"살아났으면 이제 일어나. 게으름 부리지 말고."

여자가 시체에게 말했다.

시체를 감았던 붕대가 조금씩 뜯어졌다. 작고 하얀 버섯 같은 둥근 것이 고개를 내밀기 시작했다. 시체의 온몸을 휘감았던 붕대가 갈라지며 작고 하얀 것이 수없이 돋아났다.

"뭐야?"

여자는 당황했다.

"이게 뭐 하는 짓이야?"

- 일어나고 있잖아.

작고 하얀 머리들이 한목소리로 말했다.

- 살아나고 있잖아.

하얗고 반투명한 조그만 사마귀들이 앞다리를 세우며 여자에게 대답했다.

- 네가 물을 줬잖아.

거대한 사마귀가 날카로운 앞다리를 세운 채 시체에서 솟아 나 여자에게 말했다.

여자는 비명을 지르려 했다. 달아나려 했다.

거대한 사마귀가 앞발로 여자를 낚아채었다. 여자의 머리를 물어뜯었다.

수많은 작은 사마귀들이 여자에게 덤벼들어 피를 빨았다. 여자는 하얗고 반투명한 조그만 사마귀들이 자신의 피를 빨아먹고 붉게 변하는 모습을 지켜보았다.

─ 너도 이제 우리와 함께 사는 거야.

거대한 사마귀가 말했다. 사마귀의 얼굴은 긴 머리카락 아래 핏기 없이 창백했다.

─ 여기서 우리와 영원히 함께 사는 거야.

이렇게 말하고 사마귀는 거무스름하고 푸르스름한 입술을 벌려 크게 웃었다.

1.   병원 가는 날

무정형은 눈을 뜬다. 아이들을 병원에 데려가는 날이다. 예
방주사를 맞혀야 한다.

시계를 본다. 아직 이르다. 좀 더 잘 수 있다.

"너 다음 주에 여기 오는 날이지? 오전에 애들 병원 데려갈
시간 있지?"

'오전'이라는 말에 무정형은 긴장했다.

"오전이라니 몇 시?"

"아침 아무 때나. 오후 2시 전까지만 가면 돼."

그래서 무정형은 동의했다.

"몇 명이고 무슨 주사 맞혀야 되고 그런 거 알려 줘야지."

"여덟 명이고 신종 6가 맞히면 돼. 자세한 건 내가 보내 줄게. 주사 맞히고 데리고 나오기 전에 꼭 15분 앉혀 둬야 된다, 알지?"

15분. 주사를 맞히는 것보다 맞히고 나서 15분 기다리는 게 백배 더 힘들다. 여덟 명이 차례차례 맞는다 치면 15분씩 여덟 명, 두 시간이다. 아이들이 그 기나긴 시간 동안 가만히 앉아 있을 리가 없다.

"알았어."

이것이 지난주의 대화였다. 무정형은 동의한 것을 후회한다. 물론 동의 안 한다고 양육보호의무에서 벗어날 수 있는 것은 아니다. 시민은 누구나 한 달에 하루, 돌봄 의무를 이행해야 한다. 무정형은 아이들의 집을 선택해서 허가를 받았다. 그렇게 이미 정해져 버렸다. 아이들의 집에서 요청하는 양육보호의무 일정에 동의를 하든지, 읍소나 애걸을 해서 일정을 좀 바꾸든지, 선택지는 둘 중 하나밖에 없다.

- 안녕-하십니까. 좋은-아침입니다.

원통형 로봇이 방 안으로 굴러 들어온다.

- 설거지-시간입니다.

"나 오늘 예방주사 담당이야. 그걸 왜 나한테 시켜."

- 비위생-적인 환경-은 어린이와 청소년-의 성장-발달에 해-롭습니다. 설거지-시간입니다.

"나 방금 일어났다고. 아침 먹고 나서 한꺼번에 할게."

– 그릇-을 모아서 식기-세척기에 때려-넣고 스위치-누르는 게 그렇게-힘듭니까?

"힘들어. 나 오늘 쉬는 날이란 말이야."

– 쉬는-날이라고-설거지-도 안 하고 누워-만 있으면 게-으름-뱅이 굼-뱅이 됩니다.

"너 자꾸 말 함부로 할래?"

무정형이 베개를 던지려 하자 로봇이 먼저 위잉, 위잉, 하고 사이렌을 울린다. 무정형은 약이 올라 고함친다.

"야, 이 잔소리 대마왕 엄살쟁이야!"

– 설거지-하십시오. 밥값을-하십시오.

로봇은 위잉, 위잉, 경고음을 울리며 잔소리만 남기고 태연자약하게 빙글 돌아서 위엄 있게 방을 나간다.

무정형은 잠시 엎드려 베개를 껴안고 푹신한 솜에 얼굴을 묻는다.

원통형 로봇은 무정형이 볼 때마다 입이 거칠어지는 느낌이다. 아이들이, 아니 양육선생님들이 대체 뭘 가르치는지 의심스러워진다.

무정형은 몸을 일으킨다. 끙, 소리를 내며 내키지 않게 침대에서 일어난다. 세수를 하러 간다.

아침 식사를 하러 나가니 복도가 언제나 그렇듯이 시끌벅적

하다. 무정형이 아래층으로 내려가는데 뭔가 커다란 것이 옆을 휙 지나쳐 날아간다. 무정형은 깜짝 놀라 몸을 피한다. 휠체어가 가속하며 아래층으로 이어지는 경사로 끝에 도달할 때쯤 경사로가 살짝 휘어져 올라가며 휠체어가 날아가지 않게 잡아 준다. 삼각형이 파도 타는 서퍼처럼 능숙하게 휠체어를 돌려 경사로 끝에서 포물선을 그리다가 우아하게 멈춘다.

"비켜!"

무정형은 다시 깜짝 놀라 반대편으로 몸을 피한다. 가루가 목발을 짚고 삼각형의 뒤를 따라 달려 내려간다. 경사로가 다시 파도치듯 휘어지며 가루가 휘두르는 목발을 떠받친다. 가루는 양쪽 목발을 번갈아 커다랗게 휘저어 출렁이는 경사로를 타며 아래층으로 날듯이 흘러 내려간다.

"멀미 난다, 그만 좀 해!"

무정형이 소리친다.

"먀내여!"

삼각형이 '미안해요'의 발음을 전부 뭉쳐서 한꺼번에 내던진다. 삼각형은 이미 반대편 경사로를 타고 2층을 지나 3층으로 달려 올라가는 중이다.

"이모 설거지하래!"

가루도 지지 않고 외친다.

"너네 담당 선생님한테 이른다!"

무정형이 소리친다. 그 순간 줄넘기가 난간을 타고 미끄러져 내려오며 기성을 지른다.

"끼야오!"

무정형은 삼각형이 3층에서 아이들을 몰고 내려오는 것을 목격한다. 벌써 아래층에서 양육선생님들이 어슬렁어슬렁 모습을 드러내고 있다.

교통정리가 될지 아침의 대전투가 벌어질지는 전혀 예측할 수 없다. 무정형은 굳이 그 자리에서 경과를 지켜볼 필요까지는 없다고 판단한다. 도망치는 게 최선이다.

가루와 삼각형이 오르막 경사로를 올라가는 동안 무정형이 서 있는 반대편 내리막 경사로는 출렁이지 않는다. 무정형은 최대한 빨리 경사로를 달려 내려가 양육선생님들에게 인사하며 짧은 복도를 지나 부엌으로 뛰어 들어간다. 바닥이 움직이지 않는 곳에서 무정형은 부엌 문을 닫고 잠시 숨을 고르며 안도한다.

부엌 식탁과 싱크대에는 아이들이 야식, 간식, 아침 식사를 먹은 흔적이 그대로 남아 있다. 식기는 대부분 싱크대에 들어가 있지만 컵 몇 개와 숟가락 한 개, 그리고 대량의 음식 부스러기가 아직도 식탁 위에 흩어져 있다. 신생아 담당 양육선생님 한 명이 아기 하나를 업고 다른 아기를 안고 둥실둥실 몸을 흔들어 아기들을 어르면서 젖병을 소독기에서 꺼내는 중이다.

안쪽 창가에는 다른 선생님이 안락의자에 파묻힌 채 아기에게 젖을 물리고 있다.

"안녕하세요."

둘 다 모르는 양육선생님들이지만 무정형은 인사한다.

"안녕하세요."

키 큰 양육선생님이 속삭이는 목소리로 인사를 받는다. 안락의자에 앉아 있는 양육선생님은 말없이 고개만 움직인다. 키 큰 양육선생님이 분유를 타고, 안락의자의 양육선생님은 젖을 물리고, 부엌은 잠시 조용하고 평화롭다.

안락의자에 파묻힌 양육선생님의 젖을 빨던 아기가 칭얼거린다.

"아이구야."

양육선생님이 안락의자에서 재빨리 일어난다.

"쌌네."

울기 시작하는 아기를 안고 양육선생님은 황급히 부엌을 나간다. 아기 둘을 안고 업은 키 큰 양육선생님은 가슴에 안은 아기에게 젖병을 물린다. 등에 업힌 아기는 입을 벌린 채 평화롭게 자고 있다. 아기가 흘린 침이 양육선생님 등에 끈적하게 묻는다.

무정형은 식탁을 치운다. 커피를 만들 물을 끓이면서 양손에 커피와 차 통을 들고 양육선생님에게 눈짓한다. 양육선생님은 말없이 미소 지으며 고개를 젓는다. 물이 끓는 동안 무정형은 싱크대의 식기와 컵들을 대충 정리해서 식기세척기에 집어넣고 스위치를 누른다. 식기세척기가 돌아가면서 우웅, 하는 낮고 차분한 소리가 부엌을 울린다.

부엌 문이 벌컥 열린다.

"누나, 우리 병-!"

삼각형이 언제나 하듯이 휠체어를 전속력으로 몰아 돌진해 오며 소리치다가 양육선생님과 아기들을 보고 멈칫한다. 이미 늦었다. 등에 업힌 채 자고 있던 아기가 깼다. 주위를 둘러보며 울까 말까 상황을 판단하더니 아기는 결심한 듯 우렁차게 울기 시작한다.

"조심하지 좀!"

"죄송해요."

무정형이 입만 움직여 짜증 내는 것과 거의 동시에 삼각형이 우물우물 사과한다. 키 큰 양육선생님이 가슴에 안은 아기에게 젖병을 물린 채 애타는 눈으로 무정형을 바라본다. 무정형은 키 큰 양육선생님의 아기띠 어깨끈을 한쪽만 조심스럽게 풀어 우는 아기를 꺼내 품에 안는다. 무정형만의 비법은 아기의 팔다리를 모아서 움직이지 못하게 단단히 껴안는 것이다. 키 큰 양육선생님은 놀라서 젖병을 밀어내려는 아기를 달래며 계속 분유를 먹인다. 무정형은 우는 아기를 꼭 안고 보들보들한 옷에 감싸인 따뜻한 등을 쓸어 주며 키 큰 양육선생님을 흉내 내어 몸을 양옆으로, 위아래로 흔들어 둥개둥개 아기를 달랜다. 아기 울음소리가 조금씩 작아진다.

"우리 병원 언제 가요?"

아기 울음소리가 칭얼거리는 소리로 변하자 삼각형이 풀 죽은 목소리로 조그맣게 묻는다.

"애들 준비 다 했는데요."

"이리 주세요."

키 큰 양육선생님이 낮은 소리로 무정형에게 말한다. 키 큰 양육선생님은 분유를 다 먹은 아기를 솜씨 좋게 가슴에서 등으로 순식간에 옮겨 업으면서 아기 이마에 뽀뽀해 주는 것도 잊지 않는다. 그리고 무정형이 안고 있던 아기를 받아 마찬가지로 재빨리 정수리에 뽀뽀를 해 주며 거의 동시에 아기띠의 가슴 끈을 맨다. 그런 뒤에 키 큰 양육선생님은 아기 둘을 몸 앞뒤에 매단 채 번개같이 젖병을 씻어 소독기에 넣는다.

"병원 잘 다녀오세요."

키 큰 양육선생님은 여전히 속삭이는 목소리로 이렇게 말하고는 춤추듯이 몸을 위아래로 흔들어 아기들을 어르며 부엌을 나간다. 신생아 담당들은 볼 때마다 마술사 같다고 무정형은 감탄한다.

"가자, 그럼."

문틈으로 고개를 빼꼼히 들이민 삼각형에게 무정형이 말한다.

"깡통도 데려와."

"벌써 문 앞에 대기 중입니다, 오버!"

삼각형이 신나서 대답한다.

입이 거친 원통형 로봇은 상단에 작게 '앨리스(Alice)'라고 적혀 있지만 아무도 그 이름으로 부르지 않는다. 지금 아이들은 '깡통'이나 '동글이'라고 통칭하는 모양이다. 무정형이 어렸을 때는 '쓰레기통'이었다. 그렇게 부르면 로봇이 항의했고 그러면 아이들은 더 신이 나서 '쓰레기통' '변기통'이라고 놀렸다. 그러다 어느 한 아이가 주도하여 아이들이 함께 로봇을 때려 부순 적이 있어 큰 문제가 되기도 했다. 무정형은 아무래도 그때 아이들 정서가 더 황폐했던 것 같다고 생각한다.

여덟 명의 아이들이 죽 늘어서서 파란 불빛을 반짝이는 원통형 로봇의 뒤를 따라 재잘재잘 떠들며 길을 나선다. 무정형은 맨 뒤에서 천천히 아이들을 따라간다. 병원까지는 걸어서 10분 정도 걸린다. 공기는 차갑지만 햇빛은 밝다. 줄넘기와 삼각형과 가루와 마름모가 언제나 하듯이 경주를 하고 원통형 안내 로봇은 아이들이 튀어 나가지 못하게 앞에서 지그재그로 왔다 갔다 하며 막는다. 좀 더 얌전한 아이들은 잎이 없는 나뭇가지에 앉은 새의 사진을 찍거나 유유자적한 구름이 흘러가는 하늘을 관찰하기도 한다.

병원 문 앞에 또 다른 원통형 로봇이 녹색 불을 반짝이며 마중 나와 있다. 파란 불빛을 반짝이는 앨리스와 녹색 불빛의 원통형 로봇이 서로 다가서서 불빛을 반짝이며 정보를 교환한다.

－환자-정보-를 입력하십시오.

앨리스가 말한다. 앨리스의 친구인 녹색 불빛의 로봇은 말을 하는 기능이 없다. 무정형은 친구인 정사각형 양육선생님이 보내 준 파일을 열어 로봇의 녹색 불 앞에 바코드를 댄다. 로봇은 '삑' 하고 바코드를 읽더니 잠시 부스럭거리고 짤각거린다. 그리고 가슴 앞 뚜껑을 연다. 무정형은 스티커 여덟 장을 꺼낸다. 이름을 보면서 개인정보와 의료정보가 기록된 스티커를 하나씩 아이들에게 붙여 준다. 눈에 잘 띄고 기계가 읽기 쉬운 곳을 골라 붙인다.

－예방-접종입니다. 신종-6가-예방-접종입니다.

앨리스가 말한다. 녹색 불빛의 로봇이 빙글 돌아 앞장서서 움직이기 시작한다. 천천히 굴러가는 녹색 불빛의 로봇에게서 음악 소리가 흘러나온다.

－3층-입니다. 예방-접종은-3층-입니다.

앨리스가 말하며 녹색 불빛의 로봇을 따라간다.

무정형과 아이들은 녹색 불빛의 로봇을 따라 엘리베이터를 타고 3층으로 올라간다. 엘리베이터 문이 열리자 삼각형과 동생 역삼각형, 그리고 줄넘기, 가루, 마름모, 사다리가 투닥거리며 뛰쳐나가 한꺼번에 주사실에 뛰어든다. 평행선과 손잡이는 무정형을 따라 앨리스와 함께 천천히 주사실에 들어선다. 이미 주사실을 가득 채운 아이들이 왁자지껄 떠들어 대는 소리에 주사실 선생님이 당황하며 일어선다.

"어린이 여러분, 다들 조용히 해라!"

주사 담당 선생님이 외친다.

"한 명씩 정해진 자리에 와서 바코드 스티커 내밀어라! 조용히 안 하면 주사기가 머리에 꽂혀 버리는 수가 있다!"

이것은 협박이 아니다. 주사 담당 선생님은 시각장애인이다. 주사를 맞을 사람은 지정된 자리에 가서 바코드를 찍고 주사가 끝날 때까지 움직이지 말아야 한다.

아이들은 이미 익숙하다. 서로 자기가 먼저 맞겠다느니 앨리스 친구 로봇과 놀겠다느니 자기는 주사가 너무 싫다느니 재잘거리면서 아이들은 그 나름대로 질서 있게 순서를 정해서 줄을 선다. 주사 선생님 앞의 정해진 위치에 가서 선생님이 든 바코드 기기에 스티커를 읽힌다. 주사 선생님이 바코드 기기가 알려 주는 정보를 확인하는 동안 아이가 팔이나 다리를 내민다. 주사 선생님은 능숙하게 손가락으로 위치를 더듬어 피부를 소독하고 주사를 놓은 뒤 바늘이 들어갔던 자리에 조그만 반창고를 붙여 마무리해 준다. 예방접종을 마친 아이들은 주사실 한쪽에 놓인 벤치로 가서 앉는다. 알레르기반응이나 거부반응이 일어나지 않는지 15분 이상 기다리며 지켜보아야 한다. 누가 몇 분 더 기다려야 하는지, 누가 15분 다 기다렸는지는 녹색 불빛의 원통형 로봇이 음악 소리와 불빛으로 알려 준다. 앨리스는 아이들이 15분이 지나기 전에 주사실 밖으로 도망치지 못하게 파란 불빛을 반짝이며 문 앞에서 왔다 갔다 한다. 무정형은 양떼가 목장 밖으로 나가지 못하게 지키는 양치기 개를 떠올린다.

"선생님, 왜 앨리스 친구는 말을 못 해요?"

"못 하는 게 아니라 안 하는 거야!"

"너하고는 말하기 싫대!"

"말 못 하는 게 어디가 어때서!"

"너 욕하는 거 가르쳐 주려고 그러지!"

"선생님, 줄다리기가 앨리스한테 맨날 욕 가르쳐요!"

"나 줄다리기 아니고 줄넘기거든!"

무정형은 모두 기다려야 하는 15분이 지나기를 기다리며 주사 선생님과 무심히 잡담을 한다.

"요즘이 예방접종 많이 하는 시기인가 봐요."

"네, 고전형 백일해하고 신종 독감이 같이 돌거든요."

"아유, 선생님 고생 많으시겠네요."

예방주사에 아무도 거부반응을 일으키지 않는다. 원통형 로봇이 녹색 불빛을 깜빡거리며 음악 소리를 울리며 문 쪽으로 향한다. 앨리스가 선언한다.

- 전원-접종 후 15분-지났-습니다. 전원-접종 후 15분-지났-습니다.

아이들이 또다시 와자지껄 주사실에서 쏟아져 나간다. 무정형은 주사 선생님에게 인사하고 아이들 뒤를 따라 마지막으로 나간다. 아이들은 주사실 앞을 오가는 다른 환자와 의료진을 휩쌌다가 놓아주며 엘리베이터를 향해 달려간다. 앨리스는 파란 불빛을 깜빡이며 원통형 로봇의 녹색 불빛을 따라 움직인다. 1층에서 엘리베이터 문이 열리자 다시 아이들이 와락 쏟아져 나가고 무정형은 서둘러 쫓아가서 아이들에게서 바코드 스티커를 하나하나 떼 준다. 앨리스는 병원 문 앞에서 조급해하고 신나 하고 떠들어 대는 아이들을 대기시킨 뒤 녹색 불빛의 동료와 다시 정보를 교환한다.

'그런 건 엘리베이터 안에서 좀 하지.'

무정형은 기다리면서 생각한다.

'사람하고 다른 점이 저런 건가.'

마침내 앨리스의 파란 불빛이 깜빡거린다. 원통형 로봇이 녹색 불빛을 반짝이며 가슴 덮개를 연다. 무정형은 아이들에게서 수거한 바코드 스티커를 뭉쳐 원통형 로봇의 가슴통에 넣는다. 아이들의 개인정보와 의료정보가 기록된 바코드 스티커는 로봇이 안전하게 파기할 것이다.

"끝났다! 가자!"

삼각형이 외친다. 예방주사를 맞는 날과 정기검진을 받는 날에 아이들은 병원에 다녀오고 나면 자유다. 삼각형이 신나게 휠체어를 굴리며 앞장선다. 앨리스가 파란 불빛을 번쩍이며 서둘러 삼각형 앞으로 간다. 삼각형이 더 빠르다. 앨리스와 앞서거니 뒤서거니 하며 달려간다. 앨리스는 아이들을 안내하도록 프로그래밍 되어 있다. 그래서 절대로 지지 않으려고 삼각형 앞으로 달려 나간다. 그러나 청소년기 초입에 들어선 기운 넘치는 어린이를 이길 도리는 없다. 삼각형의 휠체어에는 최대 속력이 설정되어 있지만 어째서인지 삼각형은 언제나 날아다닌다.

그리고 무정형은 맥락 없이 얼마 전에 들은 이야기를 떠올린다. 뇌파로 기계 팔다리를 움직이는 방식의 '입는 로봇'이 의료계에서 논쟁거리가 되고 있다는 것이다. 정사각형이 수시로 불평을 하기 때문에 무정형은 관심이 있든 없든 이런 소식을 알게 된다.

"일어서는 휠체어 승인 한번 받는 데 얼마나 오래 걸렸는지 알아? 소장님하고 담당 양육선생님들이 반년 동안 보건복지부 복도에서 거의 살았다, 야. 이 구두쇠들이 아낄 걸 아껴야지, 이동보조기구 사용자는 전부 땅에 납작 붙어서 기어다녀야 한다는 거야, 뭐야?"

정사각형의 말을 떠올리고 무정형은 쓸쓸하게 웃는다. '땅

에 납작 붙어서 기어다녀야'라는 말에 무정형은 어머니를 생각
한다.

"그래도 뇌파 방식은 좀 불안하지 않을까⋯⋯."

무정형이 중얼거렸다. '뇌파 방식'이라는 말에 호기심이 생
겨서 무정형은 나중에 검색해 보았다.

뇌파 방식 자체가 문제가 된 것은 아니었다. 입는 외골격로
봇이 재활치료기구인지 이동보조장치인지에 대해 제조사와
소비자단체와 보건부의 입장이 서로 달랐다. 보건부는 해당 유
형의 제품 전체를 이동보조도구로 폭 넓게 분류하려 했다. 여
기에 대하여 제조사는 외골격로봇이 제한적인 기간 동안 물리
치료 등의 병원 환경 안에서만 사용하는 재활치료 보조기구라
고 주장했다. 그러면서 제조사 측은 너무 오랫동안 외골격로봇
을 입고 생활하면 근육이 위축되어 오히려 사용자의 건강에
해가 된다는 연구 결과들을 증거로 내놓았다. 보건부는 재활치
료 용도의 경우 사용자가 언젠가는 재활에 성공해서 외골격로
봇을 더 이상 입을 필요가 없게 되는 것을 전제로 하기 때문에
입는 외골격 형태의 로봇을 전부 재활치료기구로 규정할 수는
없다고 반박했다. 소비자단체는 이미 오래전부터 입는 외골격
로봇이 여러 산업현장에서 노동보조기구로 사용되고 있으니
의료용으로 한정해서는 안 된다고 주장했다. 의료용으로 규정
될 경우 외골격로봇을 구입하려는 사람은 본인이 '환자'임을

증명해야 하기 때문이다. '환자 증명'을 하지 못하는 사람은 보조기구를 구입할 때 지원을 받지 못하거나 아예 구입이 금지되는 수많은 사례들을 소비자단체는 하나하나 제시했다. 그러나 제조사는 자신들은 뇌파 조종 방식의 입는 외골격로봇 제품을 오로지 재활치료용으로만 개발했다며 주장을 절대로 굽히지 않았다.

"아니 이 제조사는 장사하기 싫은 거 아냐? 수동이든 자동이든, 재활용, 근로용, 이동보조용, 그냥 싹 다 만들어서 싹 다 팔면 될 거 아냐? 왜 자꾸 재활치료기구라고 우겨?"

"병원이 돈을 제일 많이 주나 보지."

무정형은 대충 떠오르는 대로 대답했다. 외골격 보조장비를 승인받고 구입해야 하는 건 정사각형이지 자신이 아니었기 때문에 무정형은 그 뒤에 이어진 예산과 장비 문제에 대한 긴 불평을 들으며 자기 부서의 예산 걱정을 하는 동안 잊어버렸다.

앨리스가 대문을 열어 준다. 아이들이 왁자지껄 떠들며 안으로 들어간다. 마당에서 아이들은 흩어진다. 밖에서 더 놀고 싶은 아이들은 운동장으로 달려가고 집 안에서 자유로운 하루를 즐기고 싶은 아이들은 안으로 들어간다.

무정형은 아이들을 따라 집 안으로 들어가서 3층 사무실로 향한다. 정사각형은 교육을 받으러 나가서 이번 주에는 사무실에 없다. 대신 다른 양육선생님이 무정형에게 인사한다. 무정형도 인사하고 컴퓨터 앞에 앉는다.

　무정형은 화면의 '일지' 아이콘을 눌러 열고 양식에 자신의
이름과 시민번호를 입력한다. 아이들을 데리고 병원에 가서 예
방주사를 맞히고 돌아온 사실과 떠난 시간 및 돌아온 시간을
입력하고 정사각형이 보내 준 파일을 첨부한다. 저장을 하고,
제대로 저장 및 담당자 정사각형에게 전송이 완료된 것을 확
인하고 사무실을 나온다. 2층의 어른 방에 가서 짐을 챙기고,
방을 정리하고 이불 커버와 매트리스 커버, 베개 커버를 벗겨
가방과 함께 들고 나온다. 1층으로 내려가서 부엌 옆 세탁실로
들어가 사용한 침구 커버를 세탁기에 넣는다. 세탁기는 아직
많이 비어 있고, 세탁물을 모아서 돌리는 일은 다른 관리인이
할 것이다. 무정형은 가방을 가지고 아이들의 집을 나온다. 시
민으로서 이번 달의 가벼운 임무는 이것으로 완수했다.

　혼자 사는 작은 집의 고요가 오늘은 차갑거나 쓸쓸하지 않
고 아늑하게 느껴진다. 무정형은 좁은 거실의 조그만 안락의자
에 주저앉는다. 아이들을 데리고 병원에 한 번 다녀온 것만으
로 진이 다 빠진 기분이다. 양육선생님들은 어떻게 이런 일을
매일 하는지 알 수 없다.

　그러나 양육선생님들이 어째서 양육선생님이 되어 아이들
과 함께 사는지 이해할 수 있다.

무정형은 무겁게 일어선다. 터덜터덜 부엌으로 가서 냉장고를 연다. 맥주를 꺼낸다. 아이들의 집은 즐겁지만 한 가지 아쉬운 건 술을 마실 수 없다는 점이다.

맥주를 마시면서 무정형은 우는 아기를 안고 달래 주었을 때의 따뜻한 무게와 병원으로 가는 길에 아이들이 왁자지껄 떠들던 소리, 파란 하늘과 차가운 바람, 병원에서 돌아오는 길에 삼각형과 경주하던 원통형 로봇 앨리스의 모습을 두서없이 떠올린다.

오늘은 좋은 날이었다고, 무정형은 맥주를 마시며 생각한다.

1_1. 섬의 집

섬(閃)은 항아리 뚜껑이 열리는 것을 보았다. 손이 들어왔다. 사람의 손이 항아리 안에 있는 아기들을 하나씩 꺼냈다. 아기들은 마르고 단단하고 살아 있지 않았다. 섬처럼 바짝 마르고 섬처럼 살아 있지 않은 섬의 아기들이었다. 섬은 자신의 아기를 하나씩 꺼내는 사람을 지켜보았다.

섬은 아기들을 지켜야 했다.

죽은 아이가 사람들에게 끌려 집 밖으로 나갔다.

섬도 따라 나갔다.

2.   그 집

아이가 정확히 언제 어떻게 사망했는지는 아직도 조사 중이었다. 여자가 계속 '물을 주었다'고 주장하는데 어떻게 해서 아이가 석 달 만에 완전히 미라 상태가 되었는지도 여전히 조사 중이었다. 여자가 아이를 죽였는지 아니면 아이는 질병이나 다른 이유로 사망했고 여자가 이후에도 죽은 아이와 함께 지내고 있을 뿐인지, 이것이 가장 중요한 질문이었다. 이 역시 조사 중이었다. 어느 쪽이든 여자가 아동학대 혐의를 벗어날 수는 없어 보였다. 아이가 아프면 집에 눕혀 놓고 물을 붓는 것이 아니라 병원에 데려가 치료를 받게 해야 했다. 일단 아이가 죽었으므로 이후 상황은 유동적이다. 살인과 사체 은닉 사이에는 커다란 차이가 있다. 법적으로, 사회적으로, 윤리적으로.

무정형에 대한 조사는 짧고 간단하게 끝났다. 무정형도 그렇게 되리라고 예상했다. 그 집에서 사건이 일어났다는 이야기를 들었을 때 자신도 조사를 받게 되리라고 짐작하고 있었다. 질문 몇 개로 조사가 끝났다고 해서 찝찝한 기분이 사라지는 것은 아니었다.

여자가 아이를 데리고 그 집에 이사해 들어간 것은 11월의 일이었다. 무정형은 그 직전인 10월 말에 그 집을 조사했다. 이전 거주자가 나가고 새 거주자가 들어오기 전에 집을 조사하는 것은 평범하고 일반적인 일이었다. 집은 낡기는 했지만 크게 문제가 없었다. 새 거주자가 아이와 함께 살 예정이라고 들었기 때문에 무정형은 집을 꼼꼼하게 조사했다. 채광과 통풍 모두 정상이었다. 집 안에서 석면도 납도 포름알데히드도 검출되지 않았다. 그 외에 다른 유독성 물질이나 발암물질에 대한 반응도 없었다. 수도와 전기도 제대로 작동했고 벽이나 천장에 갈라지거나 금 간 곳도 없었다. 나중에 사람이 들어오면 집 안에 어떤 가구를 들여놓고 어떤 식으로 생활하는지에 따라 달라지겠지만 일단 집과 건물 자체에는 이상이 없었다. 그것이 무정형이 내린 결론이었다. 이후 여자가 아이와 함께 이사 들어온 뒤에는 따로 거주환경 점검을 신청하지 않았다. 그러므로 무정형이나 다른 집 조사관이 마음대로 남의 집에 들어가서 환경을 조사할 이유는 없었다. 아이가 학교에 오지 않는다고 담임교사가 경찰과 교육청에 신고하기 전까지는.

신고가 들어왔을 때 무정형은 담임교사와 경찰관, 지역 담당 사회복지사와 함께 그 집에 찾아갔다. 초인종을 눌러도 문을 두드려도 대답이 없었다. 담임교사가 여자에게 전화를 걸었다. 집 안에서 전화벨 소리가 들렸다. 여전히 아무도 문을 열어 주지 않았다. 담임교사가 아이에게 전화를 걸었다. 다시 한번 집 안에서 전화벨 소리가 들렸다. 사람의 목소리는 전혀 들리지 않았다.

경찰이 건물 관리인에게 전화했다. 건물 관리인이 와서 문을 열어 주었다.

집 안은 어두웠다. 그리고 강렬한 냄새가 났다. 그 두 가지가 무정형의 감각을 가장 먼저 덮쳐 왔다. 시각을 뒤덮는 어둠과 후각을 틀어막는 표백제의 냄새.

이렇지 않았다고, 무정형은 생각했다. 이 집은 이렇지 않았다. 채광과 통풍은 정상이었다. 그것은 집을 조사할 때 기본적으로 가장 먼저 확인하는 사항이다. 이렇게 대낮에 어둠침침하고 냄새가 갇혀 빠져나가지 못할 만한 구조가 아니었다.

경찰도 긴장했다.

"바깥에 잠깐 계세요. 들어오시면 안 됩니다."

경찰이 문을 열고 자연스럽게 안으로 들어가려는 건물 관리인을 막아서더니 담임교사와 사회복지사를 쳐다보며 말했다. 경찰이 손전등을 켰다. 무정형도 따라서 손전등과 보디 캠을 켰다.

"진입합니다. 전송상태 확인 바랍니다."

"전송 잘되고 있습니다. 조심하십시오."

통신기가 무정형의 동료 구(求)의 목소리를 조금 짓눌린 듯한 잡음을 섞어 전달해 주었다. 무정형은 경찰의 뒤를 따라 집 안으로 들어섰다.

현관에 들어서면 바로 왼쪽에 작은 부엌, 오른쪽에 좁은 거실이 있다. 거기서 안으로 들어가 오른쪽에 있는 문을 열면 침실, 왼쪽은 화장실인 단순한 구조였다. 집 안의 불이 꺼져 있고 창문은 전부 커튼으로 꼼꼼하게 가려 빛이 거의 들어오지 않게 해 두었다. 부엌에도 거실에도 사람은 없었다.

무정형은 지나치게 정리가 잘되어 있다고 생각했다. 부엌은 깨끗했다. 접시 한 장도 밖에 나와 있지 않다. 레인지 주변 역시 조리기구 하나 보이지 않았다. 거실은 부엌보다도 더 황량했다. 텔레비전이 없는 집은 무정형도 많이 보았다. 이 집 거실에는 텔레비전만 없는 게 아니었다. 그 흔한 소파는커녕 앉을 만한 의자도, 하다못해 방석 한 장도 없었다. 무정형이 조사하러 왔을 때, 빈집이었을 때와 거의 비슷해 보였다. 거실 바닥에 큰 러그가 깔려 있고 거실에서 베란다로 나가는 문과 부엌 창문이 전부 커튼으로 덮여 있는 것만이 그때와 달랐다.

"저 문은 뭡니까?"

경찰이 손전등을 비추며 낮은 목소리로 물었다.

"침실입니다."

무정형이 대답했다.

"물러서 계세요."

경찰이 말하고는 천천히 침실 쪽으로 다가갔다. 침실 문을 두드렸다.

"안에 계십니까?"

경찰이 큰 소리로 말했다.

"경찰입니다. 안에 계십니까?"

아무 소리도 들리지 않았다.

"들어갑니다!"

경찰이 소리쳤다. 그리고 침실 문을 열었다.

침실도 깜깜했다. 지독한 표백제 냄새가 무자비하게 퍼져 나왔다. 경찰도 무정형도 한순간 숨을 쉴 수 없었다.

좁은 침실 한가운데 희끄무레한 천 같은 것으로 감싼 듯한 길쭉한 물건이 놓여 있었다. 무정형이 손전등을 비추자 천 끝에서 튀어나온 털 뭉치 같은 것이 보였다. 그 길쭉한 물건 위에 여자가 엎드려 있었다. 무정형이 여자를 인식한 순간 경찰이 뛰어 들어갔다.

"여보세요! 여보세요? 제 말 들립니까?"

경찰이 엎드려 있는 여자의 어깨를 두드렸다. 여자는 대답하지 않았다. 경찰이 목에 손가락을 대 보았다. 여자는 그대로 아무 반응도 하지 않았다. 경찰이 어깨에 꽂은 무전기에 대고 빠르게 말했다.

"구급차, 구급차 출동 바람. 성인 여성. 의식 없고 맥박 있다."

말하면서 경찰은 엎드려 있는 여자를 뒤집어 바로 눕혔다. 무정형이 손전등으로 여자를 비추었다. 경찰이 손짓으로 무정형에게 가까이 오지 말라고 신호했다.

"호흡 없다. 맥박? 맥박 있다니까. 심폐소생술 시작하겠다."

경찰이 다시 무전기에 보고했다. 그러고는 손전등을 입에 물고 양손으로 여자의 가슴을 세게 압박하기 시작했다. 여자는 곧 조그맣게 기침을 했다. 경찰이 가슴 압박을 멈추었다. 무전기에 대고 말했다.

"호흡 돌아왔다. 구급차 출동했나?"

무정형은 경찰이 시키는 대로 문밖에 서서 손전등으로 방안을 훑어보았다. 침실도 거실이나 부엌과 마찬가지로 창문에 전부 커튼이 덮여 있었다. 그리고 한쪽 벽 아래에 어떤 형체가 여러 개 줄지어 놓여 있었다. 무정형은 손전등으로 비추며 보디 캠 렌즈를 물건들 쪽으로 향했다.

벽 아래 가지런히 놓인 것은 인형 같았다. 손전등을 비추어

보며 무정형은 인형들이 전부 망가져 있는 것을 깨달았다. 머리부터 몸까지 반으로 갈라진 아기 인형이 마치 갈랐다가 도로 이어 붙이는 데 실패한 듯 반으로 쪼개진 두 쪽이 나란히 놓여 있다. 팔이 떨어지고 겨드랑이 부분이 찢어진 인형이 앉아 있고 그 무릎 위에 떨어진 팔이 놓여 있다. 머리가 떨어진 인형도 마찬가지로 얌전하게 벽에 기대 앉아 있고 그 무릎 위에 머리가 놓여 있었다. 몸통이 가로로 찢어진 인형은 뜯어져 나간 상체가 하체에 다정하게 기댄 자세로 놓여 있었다. 다 그런 식이었다. 인형들은 크기도 모양도 제각각이었지만 모두 사람 인형이었다. 동물이나 로봇은 없었다. 털이 달리거나 부드러운 천으로 만들어진 인형도 없다는 것을 무정형은 천천히 깨달았다. 모두 표면이 매끈한 플라스틱 재질의 인형이었다.

바깥이 수선스러워졌다. 구급대원들이 들것을 가지고 집 안으로 달려 들어왔다. 무정형은 재빨리 길을 비키며 침실 안을 가리켰다. 구급대원들이 여자를 들것에 싣는 동안 무정형은 화장실 문을 열었다. 손전등으로 비추며 보디 캠으로 촬영했다. 화장실은 불이 꺼져 있을 뿐 평범한 화장실 같았다. 욕조는 없고 샤워기가 벽에 매달려 있었다. 변기 옆에는 작은 세탁기가 있었다. 세면대에는 비누와 칫솔, 양치용 컵이 있었다. 구석에 설치된 선반에 여러 가지 목욕용품도 있고 바닥에 대야도 있었다. 침실과 마찬가지로 굉장한 표백제 냄새가 풍겨 오지 않앗다면 무정형은 아무 이상도 없다고 생각했을 것이다.

"시신입니다!"

침실 안에서 구급대원들이 외치는 소리가 들렸다.

"아이는 사망했습니다!"

무정형은 온몸에 소름이 돋는 것을 느꼈다. 바닥에 누워 있던 길쭉하고 희끄무레한 것, 그 끝에 튀어나와 있던, 머리카락…….

그러나 충격받고 있을 때가 아니었다. 곧 경찰이 몰려온다. 무정형은 침실에서 나오는 구급대원들을 피해 서둘러 거실로 향했다. 커튼을 살짝 젖히고 눈에 띄지 않게 베란다로 나갔다. 베란다에 서서 무정형은 잠시 눈을 깜빡거려야 했다. 집 안의 어둠에 눈이 익숙해져 있다가 갑자기 오후의 햇빛을 받자 눈이 부셔서 앞이 보이지 않을 지경이었다.

베란다는 좁았다. 빨래 건조대에 수건이 한 장 걸려 있었다. 그 수건에서도 지독한 표백제 냄새가 풍겼다. 그리고 빨래건조대 옆에 커다란 항아리가 있었다. 무정형은 항아리 뚜껑을 열려 했다. 뚜껑은 두껍고 생각보다 훨씬 무거웠다. 무정형은 손전등을 허리띠에 꽂고 양손으로 뚜껑을 들어올렸다. 묵직한 뚜껑을 조심스럽게 바닥에 내려놓고 손전등을 켜서 안을 비추었다.

항아리 안에는 인형이 들어 있었다. 무정형은 한 개를 꺼내 보았다. 성인 모습의 인형이다. 망가지지 않고 멀쩡했다. 그 아래에도 인형이 보였다. 꺼내 보았다. 아기 인형이다. 이것도 역시 망가지지 않았다. 세 개째 꺼내 보려 하는데 베란다 커튼이 확 열렸다. 경찰이었다.

"여기서 뭐 하십니까?"

"현장 기록하는 중입니다."

무정형이 인형을 서둘러 도로 항아리 안에 내려놓고 대답했다. 경찰은 무정형이 예상했던 말을 던졌다.

"나가 주십시오. 수사해야 합니다."

무정형은 고개만 끄덕였다. 항아리 뚜껑을 도로 덮지 않고 재빨리 거실로 들어왔다. 경찰이 말했다.

"기록하신 내용 나중에 저희 팀으로 보내 주셔야 합니다."

이것도 예상했던 말이다. 무정형은 손전등을 허리띠에 꽂았다.

"요청서 보내십쇼."

무정형은 대답하면서 휴대전화를 꺼내 화면에 전자 명함을 띄웠다. 경찰이 휴대전화로 무정형의 명함을 받았다. 경찰이 고개를 끄덕였다. 무정형은 밖으로 나왔다.

구급대원들은 살아 있는 여자와 죽은 아이를 실어서 이미 가 버린 모양이었다. 현관 밖에는 이제 경찰들이 몰려와 있었다. 죽은 아이의 담임교사가 사회복지사와 함께 복도에 서 있다가 무정형이 나오는 것을 보고 물었다.

"어떻게 된 거예요? 누가 죽어요?"

무정형은 대답 대신 사회복지사를 바라보았다. 사회복지사가 담임교사의 팔을 잡았다. 담임교사가 다시 물었다.

"누가 죽어요?"

"형사님들이 알려 주실 거예요."

무정형이 마침내 대답했다. 무정형은 죽은 아이를 알지 못했다. 그리고 직계가족이 아닌 사람에게 사망사건을 고지하는 것은 집 조사관의 업무 영역이 아니었다.

"죄송합니다."

"아니, 누가 죽었냐고요?"

담임교사가 다시 물었다. 사회복지사가 옆에서 다독였다.

"선생님, 진정하세요."

"누가 죽어요?"

담임교사가 사회복지사와 무정형을 번갈아 바라보며 다시 물었다.

"죄송합니다."

무정형은 되풀이했다. 그리고 멍하니 서 있는 담임교사와 옆에서 굳은 표정으로 서 있는 사회복지사에게 인사하고 현장을 떠났다. 사무실로 돌아가면서 무정형은 이제 정말로 골치 아파지겠다고 생각했다. 경찰과 교육청이 현장 기록을 요구할 것이다. 그리고 경찰이 조사받으러 오라 가라 불러 댈 것이다. 아이가 거주하기 이전과 사망한 이후에 현장을 조사하고 기록한 담당 조사관이 무정형이기 때문이다. 재판이 열리게 된다면 검찰이나 법원에 증인으로 불려 다니게 될 수도 있다.

무정형은 희끄무레한 천으로 감싸여 있던 아이의 몸, 그 끄트머리에 튀어나와 있던 머리카락을 떠올렸다.

"······끔찍하다고 생각했습니다."

무정형은 말했다. 경찰이 고개를 끄덕였다.

조사실은 시끄러웠다. 길고 좁은 방의 한가운데에 역시 길고 좁은 책상들이 연달아 놓여 실내를 반으로 갈라놓은 형태였다. 그 길고 좁은 책상 안쪽에는 경찰이 앉고 바깥쪽에는 조사받는 사람들이 앉아 각자 자기 사정을 떠들거나 경찰의 질문에 대답하고 있었다. 무정형 옆자리에서는 젊은 사람 두 명이 도검류에 관한 법률을 몰랐다고 열띠게 설명하는 중이었다. 칼날길이가 50센티미터이지만 칼집 안에 들어 있고 장식용이니까 인터넷에서 팔아도 된다고 생각했다고 두 사람은 경찰에게 몇 번이나 말했다. 목소리가 컸기 때문에 안 들을 수 없었다. 무정형은 잠시 옆자리 사람들의 주장을 들으며 한눈을 팔았다.

"혹시 벌레 문제는 없었습니까?"

"네?"

무정형은 정신을 차렸다. 경찰이 다시 물었다.

"그 집에 사마귀나, 애벌레나, 다른 어떤 벌레 문제는 없었습니까?"

"벌레요?"

무정형은 고개를 저었다. 해충이나 쥐, 새 등의 작은 동물, 특히 벌레 알이나 동물 분변 등의 흔적이 있는지도 기본적인 점검 사항이었다. 사망한 아동과 여자가 입주하기 전에 그 집은 깨끗했다. 창가에 죽은 날벌레가 몇 마리 있는 것 외에 '벌레 문제'라고 할 만한 것은 없었다. 그래서 무정형은 경찰에게 그렇게 말했다.

경찰은 고개를 끄덕였다. 그리고 컴퓨터 화면을 한참 쳐다보았다. 마침내 경찰이 조금 망설이다가 물었다.

"집 안에 혹시 어떤 기계장치 같은 건 없었습니까?"

"기계장치요?"

무정형은 어리둥절했다.

"세탁기 같은 거 말씀이신가요? 화장실에 있던데요."

"아뇨, 태엽 장치 같은 것 말씀입니다."

무정형이 멍하니 쳐다보자 경찰이 좀더 자세히 설명했다.

"벽에 설치된 톱니바퀴나 크랭크 손잡이 같은 장치, 못 보셨습니까?"

무정형은 바로 대답했다.

"벽에 그런 건 없었습니다. 촬영 영상 보시면 아실 거예요."

경찰은 만족스럽게 고개를 끄덕였다.

"알겠습니다. 수고하셨습니다."

경찰이 자리에서 일어섰다. 무정형은 그대로 앉아 있었다. 이전에도 업무상 경찰 조사를 몇 번 받아 보았다. 그래서 아직 절차가 남아 있다는 것을 무정형은 알고 있었다.

"사망한 아동의 어머니가 집에서 애벌레 소리가 들린다고, 사마귀가 자기를 공격했다고 그러더라구요……."

경찰은 자리에서 일어나 책상 옆을 돌아 나오면서 지나가는 말처럼 이렇게 흘렸다. 그리고 무정형에게 진술서 내용을 보여 주고 확인을 받았다.

"시체를 집 안에 오래 두면 벌레가 생기겠죠."

무정형이 말했다.

"그렇죠……. 사마귀는 좀 이상하지만……."

경찰이 대답했다.

무정형은 진술서를 확인하고 경찰이 보여 주는 코드를 스캔해서 진술서 파일을 전송받아 주거환경관리과 대표 연락처와 자신의 업무용 메일로 보냈다. 이제 정말로 다 끝났다.

"그 집 관련해서 또 뭐 생각나는 거 있으면 연락하십쇼."

무정형을 조사실 밖으로 배웅하며 경찰이 말했다.

"네, 알겠습니다."

무정형이 대답했다.

경찰서를 나와 건널목 앞에서 보행신호를 기다리다가 무정형은 커다란 은색 차를 보았다. 차는 무정형 앞을 미끄러지듯 지나 우회전해서 경찰서 안으로 들어갔다. 경찰서 바로 앞에는 순찰차들이 서 있어서 민원인 차량이나 외부 차량이 들어갈 공간은 없었다. 그런데도 우주선 같은 거대한 은색 차는 경찰서 바로 문 앞까지 바짝 다가가서 멈추어 섰다. 은색 차의 커다란 문이 열렸다. 정장 입은 사람이 내리더니 뒷좌석 문을 열었다. 뒷좌석에서 운동화를 신은 발이 나왔다. 발이 땅을 디뎠다. 그 발의 주인은 더없이 평범한 인상의 중년 여성이었다.

곱슬거리는 단발에 조금 통통한 체격의 중년 여성은 가방과 재킷을 뭉쳐서 한아름 안고 차에서 내렸다. 그리고 초조한 듯 조금 어색한 종종걸음으로 정장 입은 남자를 따라 경찰서 안으로 들어갔다. 경찰서 현관문은 정장 입은 남자가 열어 주었다.

개별적인 요소들이 서로 전혀 어울리지 않는 이질적인 광경이라 그 장면은 무정형의 기억에 강렬하게 새겨졌다. 좁은 도로를 비집고 들어온 거대한 은색 차는 경찰서는 물론 주변 동네 풍경에도 어울리지 않았다. 그 차에서 내린 중년 여성은 또 너무 평범하고 특징이 없어서 우주선 같은 은색 차에도 걸맞지 않았고 경찰서에 드나들 사람으로는 더더욱 보이지 않았다. 거대한 은색 차는 정장 입은 남자와 평범한 중년 여성이 모두 경찰서에 들어간 뒤에 천천히 조심스럽게 순찰차 사이를 비집고 도로로 나와 공영 주차장 쪽으로 사라졌다.

사무실로 돌아가는 길에 무정형은 아이의 시체가 발견된 아파트에 들러 보았다. 안에는 당연히 아직 들어갈 수 없었다. 무정형은 건물 밖에 서서 아이의 집이 있는 층을 올려다보았다.

베란다에 사람의 형상이 보였다. 경찰이 아직도 조사하고 있는 건가, 생각하며 무정형은 멍하니 베란다를 바라보았다.

베란다의 사람 형상은 움직이지 않았다. 수사관이라면 지문을 뜨거나 사진을 찍거나 면봉으로 표면을 문질러 샘플을 채취할 텐데 베란다의 사람은 전혀 그런 행동을 하지 않았다. 그저 가만히 서서 바깥을 바라볼 뿐이었다.

무정형을 보고 있었다.

무정형은 희끄무레한 천으로 덮인 기다란 물체와 그 끝에 튀어나와 있던 머리카락을 맥락 없이 떠올렸다.

저 사람이 누구인지, 혹은 과연 사람인지, 확인하기 위해 아이의 집에 다시 가 보아야 할지 무정형이 고민하는 사이에 베란다의 사람은 몸을 돌려 베란다 커튼 사이로 빨려 들어가듯 사라져 버렸다.

3. 아기

아이가 미라처럼 변해 시체로 발견된 집에 다시 아기가 살게 되었다. 무정형은 마음이 몹시 불편했다. 그렇다고 해서 무정형이 어떻게 달리 결정할 수 있는 일은 아니었다. 그 집에서 무정형은 키 큰 양육선생님과 친해졌다. 둘 다 귀신을 보았기 때문이었다.

'기술과학의 발전을 지지한다'고 천명하는 어떤 단체에서 남성의 체세포를 생식세포로 바꾸는 기술과 인공 자궁을 전면 활용하여 여성의 개입이 없이 아기를 출생시켰다고 선포했다. 포유류의 체세포를 생식세포로 바꾸는 기술 자체는 2012년 쥐에게서 인공 난자와 인공 정자를 만드는 실험이 성공했으니 새로운 지식이나 기술은 아니었다. 다만 인간에게 이 기술을 적용하려 할 때는 여러 가지 사회적이고 윤리적인 문제가 발생했다. 아시아의 어느 국가에서는 '줄기세포'가 의학의 탈을 쓴 사기와 동의어가 될 만큼 사회적으로 큰 혼란이 벌어지기도 했다. 일본 과학자들이 2006년에 쥐, 2007년에 인간의 체세포를 유도만능줄기세포로 역분화시키는 데 성공한 뒤 얼마 후에 일어난 일이었다. 이후 시간이 흐르고 경험이 쌓이면서 인공 난자나 인공 정자를 만드는 기술은 동성 커플이나 난임으로 고통받는 커플에게 제한적으로 사용되었다.

이 경우에도 결국은 인간의 자궁에 수정란을 착상시켜 인간의 몸 속에서 인간 아기를 길러 내야만 했다. 체세포로 만든 인공 정자나 난자가 수정에 성공할 확률은 체세포 채취부터 역분화를 거쳐 최종 결과에 이르기까지 전체를 보았을 때 1퍼센트 정도였다. 여기서 1퍼센트란 아기가 태어날 확률도 아니고 수정란이 자궁 안에 착상하는 확률도 아닌 수정이 이루어질 확률이다.

인공 자궁에 이르면 상황은 더욱 열악했다. 애초에 인공 자궁은 수정란 단계부터 사용하기 위해서가 아니라 조산아를 살리기 위해서 만들어졌다. 이미 4, 5개월 정도 발달한 아기가 임신한 사람의 합병증이나 부상, 혹은 어떤 다른 불운한 이유로 인해 더 이상 태내에 머무르지 못하게 되었을 경우 인공 태반과 인공 자궁이 인간의 태내와 최대한 비슷한 환경을 제공하여 조산아가 혼자 호흡하고 살아갈 수 있을 때까지 보호하는 것이다. 인공 자궁이 한창 분열하는 세포 덩어리인 시기부터 수정란을 성공적으로 키워 낸 경우는 공식적으로 보고된 바 없었다.

'기술과학 발전을 지지하는' 사람들의 단체는 자세한 기술과학적 설명을 제공하지 않았다. 이전 단계는 전부 건너뛰고 결과물만 내세워 100퍼센트 인공적으로 출생했다고 자신들이 주장하는 아기의 사진과 영상을 출생증명서까지 첨부하여 인터넷에 대대적으로 홍보했다. 해당 단체가 미성년자의 민감한 개인정보를 신생아와 함께 홍보 도구로 사용하여 짧은 기간 내에 100건이 넘는 동영상을 만들어 여러 동영상 플랫폼에 마구잡이로 공개했다. 이 때문에 교육가족부와 보건부가 아동학대를 의심했다. 그렇게 공개된 여러 동영상에서 기술과학 발전을 지지하는 단체 구성원들은 아기가 '완전히 인공적으로 탄생'했다고 주장하며 '아버지도 어머니도 존재하지 않는다'고 강조했다. 이러한 선언은 남성의 체세포를 생식세포로 만들어 자가 인공수정을 통해 아기를 출생시켰다는 애초의 주장과 논리적으로 배치되었다. 누군가의 체세포를 생식세포로 역분화시켜 수정에 이르러 아기가 태어났다면 아기의 출생에 세포를 제공한 그 '누군가'가 아기의 가족으로서 권리와 의무를 가지는 것이 온당하다. 그런데 기술과학 발전을 지지한다는 해당 단체에서 아기에게 부모가 존재하지 않음을 반복적으로 강조했다. 이 때문에 교육가족부에서는 체세포 제공자, 혹은 제공자들이 아기의 존재를 알면서 유기했을 가능성과 제공자 본인 혹은 본인들이 알지 못하는 사이에 체세포를 도둑맞았을 가능성을 함께 고려했다.

한편 기술과학의 발전을 지지하는 단체 사람들은 아기가 아버지도 어머니도 없이 남성의 체세포를 생식세포로 바꾸어 인공 자궁에서 배태되어 출생했기 때문에 정자와 난자가 만나 수정을 이루어 인간의 자궁을 빌려 태어난 '자연적인' 아기에 비해 우월하다고 주장하기 시작했다. 한 동영상에서 기술과학의 발전을 지지하는 사람들의 단체는 인공적으로 출생한 아기는 성별도 '제조자'가 선택할 수 있고 지능도 신체 능력도 더 우월하게 설정할 수 있다고 장담했다. 이어서 해당 단체는 자신들의 기술을 활용하면 '장애자나 동성애자 따위가 태어날 가능성이 원천 차단된다'고 공언했다. 이 동영상을 본 사람들이 혐오 발언으로 단체를 신고했다.

경찰이 수사를 시작했다. 아기는 가까운 지역에 있는 아이들의 집으로 옮겨졌다. 기술과학의 발전을 지지한다는 사람들의 단체에 대한 여러 가지 의심스러운 지점들이 있었고 이들의 홍보영상을 본 사람들의 신고나 고발도 있었다. 다만 결정적인 이유는 출생증명서에 기재된 아기의 생년월일을 기준으로 계산했을 때 생후 개월 수에 비해 아기의 체중이나 신장이 표준에 미치지 못했기 때문이었다. 기술과학 발전을 지지하는 단체는 공권력이 아기를 '빼앗아 갔다'고 주장하며 항의했다. 경찰과 교육가족부는 해당 단체가 애초에 아기를 양육할 권리가 없다고 결론지었다. 아기와 혈연관계에 있거나 친권 혹은 양육권을 주장할 수 있는 인물이 처음부터 존재하지 않았다는 것이 해당 단체가 직접 주장한 내용이었기 때문이다. 그러므로 경찰은 아기를 기술과학 발전을 지지하는 단체에 돌려주지 않았다.

그리하여 촬영 장비를 든 사람들이 아이들의 집에 몰려와 소란을 피웠다. 낮이나 밤이나 아이들의 집에서 생활하는 모든 사람에게 촬영 장비를 들이댔다. 관련 없는 미성년자들까지 일거수일투족을 촬영하고 방송했다. 경찰이 출동하자 소란은 제압되지 않고 오히려 더욱 커졌다.

아이들의 가족이 아이들의 집에 모였다. 아이들과 아이들의 가족과 양육선생님들은 대응 방법을 논의했다. 아이들은 자신들이 입는 피해보다도 아기가 입을 피해나 아기가 당할지 모를 잠재적인 위해를 더 걱정했다. 가족이 아이들을 집으로 데려갔다. 아이들의 집은 당분간 문을 닫기로 했다.

아기는 데려갈 가족이 없었다. 아기 혼자만 아이들의 집에 남는 것은 위험했다. 기술과학의 발전을 지지한다고 주장하며 아이들의 집 앞에서 소란을 일으키는 사람들이 그 사실을 알게 되는 것이 가장 위험했다. 양육선생님들이 지역 교육청에 청원하고 지역 교육청에서 교육가족부에 지원을 요청했다. 교육가족부의 결정으로 경찰이 아기를 다른 곳으로 옮기고 수사가 어느 정도 진척될 때까지만이라도 따로 보호하기로 했다.

아기가 살 집이 필요했다. 아기와 양육선생님이 함께 지낼 만한 비어 있는 집이 관할구역 안에 마땅히 없었다. 거주자가 단시간 내에 돌아올 가능성이 없는, 당장 비어 있는 집은 아이의 시체가 발견된 그 집뿐이었다.

무정형은 파트너인 구와 함께 그 집으로 향했다. 두 조사관은 이전 거주자의 사유물을 정리해서 트럭에 실었다. 구가 운전석에, 무정형이 조수석에 타고 나서 두 사람은 주거환경관리과 소유의 창고로 향했다. 이전 거주자가 구치소에 미결수 상태로 있었기 때문이다. 만약 여자가 석방된다면 본인이 주거환경관리과에 신청해서 다른 집을 배정받고 사유물을 찾아가면 된다. 여자가 재판에서 유죄 판결을 받고 감옥으로 가게 될 경우 여자의 사유물은 교도행정부로 보내질 것이다.

이삿짐을 싸고 옮기는 데만 하루가 꼬박 걸렸다. 여자의 물건에 비해 아이의 물건이 월등히 많았다. 옷가지, 학용품, 책,

전자기기, 침구. 칫솔, 치약과 식기는 아이가 쓰는 세트가 따로 있었던 것 같았다. 짐을 싸서 트럭에 실을 때와 창고 안에서 짐을 내릴 때 무정형은 희끄무레한 천에 감싸여 있던 아이의 시신, 그 형체 끝에 나와 있던 머리카락을 떠올렸다.

트럭이 창고를 나올 무렵에는 이른 봄의 불그스름하게 지친 해가 지평선을 향해 천천히 내려가고 있었다. 무정형과 구는 아직도 그 집의 거주환경 조사를 마치지 못했다. 짐을 모두 빼낸 뒤에 다시 한번 환경 조사를 해야 했다.

"내일 갈까?"

무정형이 물었다. 구가 고개를 흔들었다.

"그냥 빨리 하고 끝내자. 지난번에 한 지도 얼마 안 됐잖아? 너 금방 훑을 수 있을 거 아냐."

"그건 그래."

이번에는 무정형이 운전대를 잡았다. 구는 조수석에서 잠들어 여자의 집까지 가는 내내 코를 골았다. 건물 앞 주차장에 트럭을 세웠는데도 구는 깨지 않았다.

"야. 일어나."

무정형이 구를 흔들었다. 구가 한쪽 눈을 반만 떴다.

"벌써 왔냐?"

그리고 구는 눈을 다시 감았다.

"일어나. 네가 빨리 훑고 끝내자며."

무정형은 짜증을 내며 구를 흔들었다.

"먼저 올라가. 나도 따라갈게."

구가 더 단단히 팔짱을 끼며 눈도 뜨지 않고 대답했다.

"나만 일 시키고 너 여기서 자면 가만 안 둔다?"

무정형이 다짐했다. 구는 대답하기도 귀찮은 듯 고개만 끄덕거렸다. 무정형은 내리려다가 다시 말했다.

"내릴 때 차 문 꼭 잠그고 나와."

구는 고개도 끄덕이지 않았다.

무정형은 트럭에서 내렸다. 건물로 들어갔다. 엘리베이터를 탔다. 집 열쇠는 건물 관리인에게 이미 받아 두었다. 어차피 새 거주자가 입주하면 문 잠금장치는 바뀔 것이다. 무정형은 엘리베이터에서 내렸다. 문을 열고 집 안으로 들어갔다.

원래 살림살이가 많은 집은 아니었다. 게다가 짐이 전부 빠지고 나니 내부가 더욱 황량해 보였다. 무정형은 거실을 가로질러 베란다로 나갔다. 베란다 문을 가리고 있던 커튼은 떼었고 베란다의 대부분을 차지하고 있던 항아리도 창고로 옮겼다. 베란다는 좁았고 텅 비었다. 아무도, 아무 것도 없었다.

무정형은 한숨을 쉬었다. 태블릿을 켜고 거실부터 통풍과 채광, 벽과 천장과 바닥의 이상 여부, 해충 혹은 그 흔적 등 확인 사항을 하나씩 훑으며 주거환경관리과 공공주택 점검자료 데이터베이스로 전송하기 시작했다.

거실은 완전히 빈 상태라 확인이 금방 끝났다. 무정형은 부엌으로 향했다. 부엌은 레인지와 붙박이 수납장 등이 있어 거실보다는 확인할 곳이 많았다. 그러나 무정형은 시신이 발견된 침실 안으로는 도저히 들어가고 싶지 않았다. 침실은 구가 올 때까지 기다렸다가 같이 확인할 생각이었다. 무정형은 부엌 불을 켰다. 찬장 문을 한 쪽씩 열고 안을 살폈다. 높은 찬장을 조사하려면 사다리가 있어야 하는데 트럭에서 가져오는 것을 잊었다. 무정형은 구에게 문자를 보냈다. 싱크대로 가서 물을 틀었다. 물은 잘 나왔고 수압에도 이상이 없었다. 배관을 살피기 위해 무정형은 싱크대 아래 수납장을 열고 몸을 한껏 굽혀 안을 들여다보았다. 싱크대에서 이어진 수도관 아래에 머리 긴 모르는 사람이 얼굴을 내밀고 수도관에서 나오는 물을 핥고 있었다. 무정형은 수도관 아래의 모르는 사람과 눈이 마주쳤다. 머리카락이 긴 모르는 사람이 이를 드러내며 씩 웃었다. 입술이 푸르스름하고 일부는 거무스름했으며 치아가 지나치게 길었다. 모르는 사람의 머리와 목과 어깨 윗부분은 긴 머리카락으로 뒤덮여 있었다. 몸의 나머지 부분은 보이지 않았다. 무정형은 놀란 와중에도 그게 이상하다고 생각했다.

"문 열어 줘!"

무정형은 퍼뜩 정신을 차렸다. 현관 밖에서 구가 다시 소리쳤다.

"문 열어 줘! 사다리 가져왔어!"

무정형은 부엌에서 달려 나왔다. 현관으로 뛰어가 문을 열었다. 구가 현관에 들어서자마자 낚아채듯 구에게서 사다리를 받았다.

"왜 그래?"

구가 물었다. 무정형은 사다리를 들고 다시 부엌으로 달려갔다.

어쩔 작정이었는지는 무정형 자신도 모른다. 사다리로는 수도관 아래의 머리만 있는 사람을 끌어낼 수 없었다. 수도관 아래 공간은 좁아서 사다리를 눕혀도 다 들어가지 않기 때문이다. 그리고 이런 괴담에서 언제나 그렇듯 무정형이 다시 돌아가 부엌 싱크대 아래 수납장을 들여다보았을 때 머리카락이 길고 입술이 푸르스름한 모르는 사람은 사라지고 없었다.

"왜? 뭐?"

구가 무정형을 따라와서 싱크대 아래를 들여다보며 물었다.

"저기 아무 것도 없지?"

무정형이 싱크대 아래 수납장 안쪽을 가리키며 물었다.

"뭐가 없어?"

구가 되물었다. 구는 허리띠의 손전등을 꺼내 불을 켰다. 바닥에 무릎을 꿇고 앉아 싱크대 아래 수도관 옆으로 고개를 들이밀고 손전등 불빛을 비추며 수납장 안을 찬찬히 훑어보았다.

"없네. 물 안 새네."

마침내 구가 수납장에서 고개를 빼고 몸을 일으켜 무정형에게 말했다.

"없어……? 너…… 못 봤어?"

무정형이 더듬더듬 다시 물었다.

"뭘 못 봐?"

구가 허리를 굽혀 수납장 안을 다시 들여다보며 물었다. 무정형도 같이 몸을 굽혀 싱크대 아래를 살펴보았다.

아무 것도 없었다. 물이 흘렀던 자국으로 보이는 얼룩 외에 싱크대 아래에는 물이 새는 곳도, 벌레나 쥐의 흔적도, 머리가 길고 입술이 푸르스름한 사람의 얼굴도 없었다. 무정형은 싱크대 아래 수납장의 사진을 찍었다. 사진에도 이상한 점은 아무 것도 없었다.

구가 옆으로 다가와 무정형이 찍은 사진을 함께 들여다보았다.

"귀신을 봤어."

무정형이 말했다.

"어떤 귀신?"

구가 물었다. 무정형은 자신이 본 것을 설명했다.

"수도관을 핥았다고? 물이 샜어?"

구가 집 조사관답게 물었다. 무정형은 고개를 흔들었다.

"몰라."

구가 따졌다.

"아, 잘 좀 생각해 봐. 새는 물을 흝은 거야? 그냥 수도관을 흝은 거야?"

"물은 안 새니까 그냥 수도관을 흝았나 보지. 지금 그게 중요해?"

"누수는 당연히 중요하지. 귀신은 주거 환경 점검 사항 목록에 없잖아."

구는 진지했다. 무정형은 자신도 모르게 웃었다. 조금 긴장이 풀렸다.

남은 확인 사항은 구가 주도적으로 점검했다. 무정형은 구를 따라다니며 사진이나 영상을 촬영했다. 침실은 구에게 부탁했다. 무정형은 그곳만은 정말 도저히 들어가고 싶지 않았다. 화장실과 침실에는 표백제 냄새가 여전히 진하게 남아 있었다. 그 냄새를 맡기만 해도 무정형은 뛰쳐나가고 싶었다.

아기가 양육선생님과 함께 입주한 직후에 무정형은 신생아 거주환경 조사를 위해 다시 한번 점검을 나왔다. 거주환경을 확인한다는 목적만큼이나 싱크대 아래를 확인하고 싶은 마음도 컸다.

"조사관님도 보셨어요?"

키 큰 양육선생님이 물었다. 무정형은 깜짝 놀라 벌떡 일어서려 했으나 싱크대 아래 수납장에 고개를 들이민 상태였기 때문에 머리를 부딪치고 말았다.

"죄송해요. 놀라게 해 드리려던 건 아닌데……."

키 큰 양육선생님이 사과했다. 무정형은 뒤통수를 한참 문질렀다.

"괜찮아요……. 그런데 선생님도 보신 거예요?"

"제가 봤다기보다는 아기가 보고 알려 줬어요."

키 큰 양육선생님이 조용히 대답했다. 무정형은 긴장했다.

"아기가요?"

되물으면서 대답도 듣기 전에 무정형은 이 집이 신생아의 거주환경에 적합하지 않다는 보고를 올려야겠다고 반쯤 결심해 버렸다. '싱크대 아래 귀신이 나옴'이라고 사유를 써서 올리면 장난으로 여겨질지 아니면 자신이 미치광이 취급을 받게 될지 무정형은 잠시 고민했다. 키 큰 양육선생님은 부드럽고 차분했다.

"안고 돌아다니다가 부엌에 오면 아기가 저 싱크대 아래 장을 가리키더라고요. 그래서 열어 주면 가만히 이렇게 봐요."

양육선생님이 말했다.

"그래서 저도 한번 봤죠. 뭐가 그렇게 궁금한가 하고."

"그럼 선생님도 보셨어요?"

무정형이 물었다. 양육선생님은 아무렇지 않게 대답했다.

"네."

그래서 무정형은 다급하게 말했다.

"거주 부적합 사유서 써 드릴게요."

그렇게 말한 순간 침실에서 아기가 우는 소리가 들려왔다. 양육선생님이 재빨리 침실로 달려갔다. 무정형은 부엌에 혼자 남았다. 싱크대 앞에 쪼그리고 앉아서 수납장을 열었다. 안에는 이제 걸레와 세제 등 청소용품이 들어 있었다. 무정형은 수도관과 청소용품과 걸레를 가만히 바라보았다.

키 큰 양육선생님이 아기를 안고 부엌으로 들어왔다. 무정형은 일어섰다. 아기가 고개를 돌려 진지하게 무정형을 바라보았다. 아기의 눈길이 곧 싱크대 아래 수납장으로 향했다.

"이 집은 아이가 살기에 좋지 않아요."

무정형이 말했다.

"그 사건 때문요?"

양육선생님이 물었다. 무정형은 고개를 저었다.

"그것만이 아니에요. 집에 인형이 하나 가득 있었어요."

"아이가 인형을 좋아했나 보죠?"

양육선생님이 아기를 고쳐 안으며 동정적으로 물었다. 무정형은 다시 고개를 저었다.

"그런 인형이 아니에요."

말을 이어가기 전에 무정형은 규정을 먼저 머릿속으로 훑었다. 마음 속에 무섭고 괴롭게 간직하고 있던 장면들을 털어버리고 싶은 생각도 물론 있었다. 그러나 무엇보다도 현재 거주자는 이 집의 내력을 알 권리가 있었다. 신생아가 거주하고 있으니 더더욱 알려 주어야 했다. 무정형은 침실에 줄지어 놓여 있던 망가진 인형 파편과 베란다의 항아리에 가득 들어 있던 인형들에 대해 이야기했다.

"그건 진짜 좀 이상하네요……."

양육선생님이 고개를 갸웃했다.

아기가 칭얼거렸다. 양육선생님이 아기에게 코를 대고 냄새를 맡았다.

"왜, 쌌어? 냄새는 안 나는데. 축축해?"

양육선생님은 미안한 듯 무정형을 쳐다보았다.

"기저귀를 좀 들여다봐야 될 것 같은데요. 거주 부적합 사유서 아직은 내지 말아 주세요."

아기의 칭얼거림이 조금씩 울음으로 변했다. 그에 맞춰 양육선생님의 말이 점점 빨라졌다.

"아기 데리고 갈 데도 없고 다른 집을 구하려면 너무 절차가 복잡해요. 그리고 아기 입장에서 돌도 되기 전에 살던 데를 벌써 두 번이나 옮겼는데 여기서 또 이사하면 너무 스트레스 받아요. 혹시나 무슨 문제가 생기면 제가 말씀드릴게요."

키 큰 양육선생님은 우는 아기를 안고 황급히 침실로 달려갔다.

무정형은 다시 싱크대 아래를 내려다보았다. 아기의 입장에서 세 번째로 거주지를 옮기는 것이 스트레스일지 귀신과 함께 사는 것이 더 스트레스일지 생각했다. 아기는 키 큰 양육선생님에게 안겨 싱크대 아래를 가만히 바라볼 뿐 울지 않았다. 양육선생님과 함께 있으면 괜찮을지도 모르겠다고 무정형은 마음을 달랬다.

휴대전화가 진동했다. 무정형은 전화기를 꺼냈다. 구였다.

- 뭐함? 오래걸림?

- 끝

무정형은 간단하게 대답했다. 이제 가야겠다고 생각했다. 그러나 키 큰 양육선생님에게 인사하기 위해서 침실로 들어갈 용기는 도저히 짜낼 수 없었다. 무정형은 쭈뼛쭈뼛 침실 문 쪽으로 다가갔다. 문에서는 아기 기저귀를 가는 양육선생님의 등이 보였다. 무정형은 어색하게 거리를 두고 양육선생님의 등에 대고 외쳤다.

"저 이제 갈게요! 안녕히 계세요!"

"아, 네!"

양육선생님이 뒤를 돌아보았다. 무정형이 다시 외쳤다.

"나오실 필요 없어요! 혹시 무슨 일 생기면 알려 주세요."

"네! 감사합니다."

양육선생님이 말했다.

돌아서 나오면서 무정형은 아기가 웃는 소리를 들었다.

"기분 좋아? 뽀송뽀송해?"

양육선생님이 말했다. 아기가 대답하듯 다시 웃었다.

괜찮을 거라고, 무정형은 생각했다.

4.   점검

"조명이 고장 났나요? 집 안이 원래 이렇게 어둡습니까?"

무정형이 업무용 태블릿을 켜고 묻는다. 성인 거주자가 대답한다.

"아뇨, 일부러 어둡게 맞춰 둔 겁니다. 아이한테 자극이 되지 않게 하려고요."

"잠깐 조도 확인을 좀 해도 되겠습니까?"

무정형이 묻는다. 성인 거주자가 동의한다. 무정형이 벽의 전원 스위치를 조작하려 하자 성인 거주자가 말한다.

"아, 그걸로는 조절이 안 됩니다. 잠시만요."

그리고 성인 거주자는 휴대전화를 꺼내 앱을 열고 설정을 조작한다. 집 안이 점차 밝아진다.

아이가 방 안에서 소리를 지른다. 성인 거주자가 황급히 조명을 다시 어둠침침하게 조절한다.

"잠시만요."

성인 거주자가 서둘러 방으로 달려갔다. 문이 열리자마자 아이가 뛰쳐나온다. 바닥에 쓰러져 고함을 지르며 팔다리를 버둥거린다. 양손으로 자기 머리를 때리기 시작한다.

아이의 보호자가 다시 휴대전화를 꺼낸다. 앱을 열어 뭔가 조작한다.

거실에서 동그란 원통형 로봇이 스르르 달려 나온다. 로봇은 몸통에 설치된 화면에서 어둡고 부드러운 노란 불빛을 신호하듯 일정하게 반짝이며 아이에게 다가간다. 로봇에게서 불빛과 함께 낮게 진동하는 소리가 주기적으로 흘러나온다.

아이가 고함을 멈춘다. 손으로 자기 머리를 때리던 것도 멈춘다.

로봇이 아이 앞에 선다. 노란 불빛과 함께 낮은 소리가 아이를 감싼다. 아이는 가만히 누워서 로봇을 바라보고 있다.

아이의 보호자가 휴대전화를 조작한다. 로봇이 아주 살짝 방향을 바꾼다. 부드러운 노란 불빛이 15도 정도 움직여 방 안을 향한다.

아이가 몸을 일으켜 바닥에 앉는다. 로봇은 달래듯이 낮게 진동하는 소리를 반복하여 아이에게 들려준다.

로봇이 조금 더 방향을 돌린다. 노란 불빛이 방을 가리킨다.

아이가 천천히 일어선다.

아이의 보호자는 아이의 움직임을 바라보며 아이에게 맞추어 로봇을 섬세하게 조작한다. 로봇이 느릿느릿 방을 향해 움직인다. 아이도 로봇을 따라 방 안으로 들어간다. 방 안은 어둡고, 검은 배경 속에 로봇의 노랗고 따뜻한 불빛만이 안심시키듯이 깜박인다. 아이는 어두운 방 안에서 아무런 소리도 내지 않는다.

"제가 빨리 하고 가겠습니다."

아이가 방 안으로 들어가고 나서 무정형이 보호자에게 속삭인다. 방문은 닫지 않았다. 무정형은 아이를 또 놀라게 하고 싶지 않다.

"아뇨, 괜찮습니다. 한 15분 정도는 저렇게 잘 있을 겁니다."

보호자도 속삭이는 소리로 대답한다.

거실과 부엌 점검은 빠르게 끝났다. 방 안을 점검해야 할 때가 되자 아이의 보호자가 다시 로봇을 조작해서 아이를 거실로 이끌었다. 로봇이 마치 어떤 제안을 하듯이 원통형 몸을 살짝살짝 돌리며 불빛을 비추면 아이가 조용히 일어서서 로봇을 따라 나왔다. 그러고는 로봇을 따라 거실 중앙으로 가서 앉았다. 로봇이 아이 앞에서 노란 불빛을 반짝이며 낮은 소리를 부드럽게 울렸다. 아이는 앉은자리에서 천천히 누웠다. 아이의 보호자가 다가가서 소파에 있던 쿠션을 가져다 아이의 머리 아래 받쳐 주고 담요를 덮어 주었다. 아이는 얌전히 쿠션 위에 고개를 내려놓았다. 그리고 부드럽게 안심시키는 소리와 불빛으로 거실을 채우는 로봇을 조용히 바라보았다. 아이는 한 손으로 담요를 움켜쥐고 다른 한 손을 입으로 가져가 엄지손가락을 빨기 시작했다.

"아이가 저보다 로봇하고 더 친해요."

아이의 보호자가 속삭인다.

"뭐가 필요하면 제가 아니라 로봇한테 졸라요. 로봇은 걱정도 안 하고 조급해지도 않으니까……."

"아이를 혼자 돌보시는 건가요?"

무정형이 방 안의 통풍 상태와 공기 중의 유독 물질 여부를 확인하려 기계를 켜면서 작은 소리로 묻는다. 아이의 보호자가 고개를 흔든다.

"아뇨, 애 엄마도 있고 아이가 답답해하니까 아이들의 집에도 일주일에 두세 번은 가죠. 로봇도 데리고 가요."

무정형은 고개를 끄덕인다. 원통형 로봇이 아이들의 집에 있는 앨리스를 닮았다고 생각했다.

점검을 마치고 나오려 할 때 아이의 보호자가 물었다.

"혹시 집 환경에 대해서 조언이나 충고해 주실 건 없나요?"

"제가요?"

무정형은 당황했다. 태블릿 컴퓨터 화면의 점검사항을 재빨리 확인하고 매뉴얼을 펼쳤다. 아이의 보호자가 설명했다.

"저희 둘째는 자폐가 아니거든요. 큰애하고 반대로 집 안이 어두우면 무서워하고 저 로봇을 별로 안 좋아해요. 환경을 어떻게 조성해야 두 아이가 다 편안하게 느낄 수 있을까요?"

그렇다면 그저 일반적이고 보편적인 내용만 담은 매뉴얼에서 도움이 되는 조언을 찾을 수 있을 리 없다. 무정형은 빠르게 포기했다.

"저는 아동양육 전문가가 아니라서 자세한 말씀은 드릴 수가 없네요. 죄송합니다."

"네…….."

아이의 보호자는 조금 실망한 것 같았다. 무정형은 덧붙였다.

"그래도 아동이 주거하기에 좋은 환경이에요. 점검 사항에도 어긋나는 게 하나도 없었고요."

"감사합니다."

아이의 보호자가 대답했다.

외국인 거주자는 처음부터 휴대전화를 꺼내 자동번역기를 준비한다. 새 거주자와 무정형은 서로 잘 못 알아듣는 부분을 자동번역기에 의존해서 화면을 보여 주고 녹음된 기계 발음을 들려준다. 무정형은 점검 사항을 모두 확인하고 거주자에게 거주 안내 사항을 담은 설명문도 확실히 전달한다.

"어린아이 집, 어떻게 가야 해요?"

무정형이 점검과 전달을 모두 마치고 나가려 할 때 외국인 거주자가 자동번역기의 기계 목소리를 통해 묻는다.

"아이들의 집요?"

무정형이 되묻는다.

"자녀가 있으세요? 자녀분이 몇 살이세요?"

외국인은 질문의 뒷부분을 잘 이해하지 못했다. 무정형은 번역기를 돌려 기계가 읽어 주는 문장을 외국인에게 들려준다. 외국인 거주자가 고개를 젓는다.

"아니, 어린아이 없어요."

외국인 거주자가 설명하기 시작한다. 휴대전화에서 기계 목소리가 흘러나온다.

"아이들의, 집은, 어디로, 갑니까?"

그냥 아이들의 집이 어떤 곳인지 구경하고 싶은 것인지도 모르겠다고 무정형은 짐작한다.

"여기에 물어보세요."

무정형은 교육가족부 홈페이지에서 관할 양육청 안내센터 정보를 찾아 보여 준다.

"전화하기 힘드시면 메일을 보내거나 게시판에 문의 글 남겨도 돼요.”

외국인이 무정형이 알려 준 화면을 가만히 들여다본다. 그러고는 휴대전화의 번역기에 뭔가 입력한다.

“출생, 서류, 여기로, 갑니까?”

“네?”

무정형은 이해하지 못한다. 외국인이 고개를 젓는다. 진지한 표정으로 다시 휴대전화 화면에 입력했다가 지우고 고쳐 입력한다.

“어떻게, 출생증명서, 확인합니까?”

외국인이 입력한 문장을 기계가 무정형이 이해하는 언어로 바꾸어 읽어 준다.

무정형은 놀랐다. 이런 질문은 받아 본 적이 없다.

사실 무정형은 알지 못했다. 자녀를 낳아 본 적이 없으니 출생신고를 해 본 적도 없고, 살면서 자신의 출생증명서를 받아야 하는 사건이 일어난 적도 없었다.

외국인이 무정형의 표정을 보고 다시 휴대전화에 뭔가 입력하려 했다.

“잠시만요……”

무정형이 말렸다. 그리고 얼른 검색해 보았다.

“출생증명서는 관할 법원에 가서야 해요.”

무정형이 검색 결과를 보며 알려 주었다. 외국인이 미심쩍은 표정을 지었다. 무정형이 다시 설명했다.

"태어난 곳에 있는 법원에 가서 출생증명서 보고 싶다고 신청하셔야 해요."

혹시 몰라서 무정형은 같은 내용을 외국인의 언어로도 번역해서 들려주었다. 외국인은 고개를 끄덕였다.

"여기서 태어나셨어요? 태어난 곳은 아세요?"

외국인은 고개를 저었다. 휴대전화의 기계 목소리를 통해 외국인이 말했다.

"태어난 곳은 몰라요. 이 동네, 이 지역에서 살았어요."

사실은 외국인이 아닌 사람이 손가락으로 방바닥을 가리키며 대답했다.

"그러면 행정복지센터에 가서 물어보세요. 출생증명서를 보려면 준비해야 하는 서류도 있으니까, 담당 공무원한테 물어보시면 알려 줄 거예요."

무정형은 이 말을 번역해서 들려주고 외국인이 아닌 사람에게 가까운 행정복지센터 위치를 알려 주었다.

이어서 점검하러 간 집의 거주자는 이렇게 물었다.

"벽에 핸드레일 설치할 수 있죠? 설치 비용 정부지원 있죠?"

핸드레일은 계단 난간 같은 모양으로 벽에 길게 부착한 손잡이다. 걸을 때 붙잡고 걷는 용도다. 국토주택부가 배정하는 공립주택에는 모두 기본적으로 설치되어 있다. 무정형은 이 집에 핸드레일이 없다는 사실을 점검 사항에 표시해 두었다.

"네, 신청하시면 돼요. 지금 신청서 쓰시겠어요?"

무정형은 신청서 화면을 열고 태블릿 컴퓨터와 전자펜을 거주자에게 내민다. 거주자가 신청서를 작성하는 동안 무정형은 휴대전화로 현재 집의 수리 이력을 살펴본다.

"원래는 핸드레일이 기본으로 다 있는데요……. 아, 이전에 거주하던 가족이 아이들이 돌아다니다 머리 부딪친다고 뗐네요."

공립주택에 기본적으로 설치된 안전 보조 구조물을 거주자가 임의로 제거하려면 신청을 하고 허가를 받은 뒤 자기 돈으로 제거해야 한다. 아동의 안전 등 특별한 이유가 있으면 제거 비용을 정부가 보조한다. 가구 배치에 방해가 되거나 단순히 보기 싫어서 철거하는 경우, 관할 지역의 주거환경과에서 제거 시 재설치 비용까지 고려하여 총 비용을 산정한 후 거주자에게 청구한다. 이후 다른 거주자가 핸드레일 재설치를 신청하면 비용은 무료다.

새 거주자가 신청서 작성을 거의 마친다. 무정형이 화면을 가리킨다.

"거기 서명하시고 저 주시면 됩니다."

거주자는 무정형이 말한 곳에 서명한다. 무정형은 신청서를 살펴보고 '저장 및 전송'을 누른다.

"얼마나 걸려요?"

거주자가 묻는다.

"내일 바로 설치하러 옵니다."

무정형의 대답에 거주자가 곤란한 표정을 지었다.

"내일은 저 출근해야 하는데…… 오늘은 힘들겠죠?"

당장 설치나 수리를 원하는 거주자가 많아서 이런 질문은 익숙하다. 무정형은 태블릿 화면을 조작하며 묻는다.

"담당자님 연락처 알려 드릴 테니 조율해 보시겠어요?"

거주자가 고개를 끄덕인다. 무정형은 거주자에게 보조기구 설치 담당자 연락처를 문자로 전송했다.

"받았어요."

거주자가 확인한다.

"정신이 하나도 없네."

사무실에 돌아와 기록을 정리하면서 구가 투덜거린다.

"기과발지인지 과기발지인지 이름도 괴상한 그 사람들 때문에 이게 무슨 꼴이야. 일이 세 배로 늘었어."

아이가 죽는 사건이 일어난데다 기술과학의 발전을 지지하는 사람들의 단체가 가까운 아이들의 집 앞에서 진을 치고 시위를 하는 바람에 주변 거주자들의 이동이 많아졌다. 주로 자녀를 걱정해서 다른 지역으로 나가는 사람들이었다. 그러나 공공주택은 언제나 부족했으므로 사건이나 시위에 아랑곳하지 않고 얼른 이사 들어오려는 사람들도 적지 않게 있었다. 구는 이사 나가는 거주자들, 무정형은 새로 들어오는 거주자들을 맡아서 거주환경을 점검했다. 서로 진행 상황을 공유하면서 작업하기는 했지만 원칙적으로 이전 거주자가 나갈 때와 새 거주자가 들어올 때 집을 매번 다시 점검해야 했다. 게다가 거주자들 민원 사항을 확인하고 전달하고 공유하는 데 시간이 상당히 걸렸다.

"나도 가서 시위할까?"

구가 말했다.

"나 그 자식들 주소 알거든."

"회원들 집 주소를 알아냈다고? 미쳤냐?"

무정형이 놀랐다. 거주환경 조사관은 당연히 거주 등록 정보에 접근할 수 있다. 그런 권한을 남용해서 민감한 정보에 함부로 접근하거나 정보를 유포하면 처벌받는다.

구가 웃었다.

"설마 그런 짓을 했겠냐. 웹사이트 보니까 주소 나와 있더라. 건물 좋던데? 저기 돈 많나 봐."

구가 휴대전화로 기술과학의 발전을 지지하는 사람들의 단체 웹사이트를 띄우고 사무실 주소를 보여 주었다. 무정형은 그 주소의 지역 이름이 어딘지 낯익다고 생각했다.

　퇴근하면서 무정형은 정사각형에게 전화했다.

　"출생증명서 보려면 어떻게 해야 돼?"

　무정형은 정사각형이 전화를 받자마자 다짜고짜 물었다. 정사각형이 되물었다.

　"왜, 네 거 보게?"

　"아니, 오늘 어떤 의뢰인이 물어봐서."

　무정형이 설명했다. 정사각형이 말했다.

　"그거 서류 잔뜩 떼서 가정법원 가야 하고 골치 아플걸. 그리고 나이 너무 많으면 보고 싶어도 못 봐. 원본은 20년인가 30년 지나면 폐기하게 돼 있어. 왜, 어떤 의뢰인인데?"

　"그런 건 내가 자세히 알려 줄 수가 없지."

　무정형이 대답을 피했다. 정사각형이 짜증을 냈다.

　"그럼 뭐 하러 물어봐?"

　"너도 골치 아프다는 거 말고는 아무 것도 안 가르쳐 줬잖아."

　"그거야 골치 아프니까 그렇지."

　티격태격하다 두 사람은 심드렁하게 인사하고 통화를 종료했다.

　한 달 뒤, 무정형은 그때의 외국인을 다시 만났다. 그리고 그 사람이 어째서 외국인이 아닌지 알게 되었다.

5.　가루

정사각형에게서 구조 요청이 왔다.

"나 좀 제발 살려 줘!"

정사각형이 외쳤다.

"애 셋하고 집에서 복작거리려니까 죽겠다 완전!"

정사각형은 아이들의 집에서 일하면서 파트너와 함께 아이 셋을 키우고 있었다. 첫째 가루는 열두 살, 그 아래로 둘째는 다섯 살, 막내는 두 살이었다. 아이들의 집이 임시로 문을 닫은 이래 정사각형은 세 아이가 학교에서 돌아오면 식사와 간식을 챙겨 먹이고 놀아 주어야 했다.

"오후 내내 애들 셋이 집 안에서 뛰어다니니까 내 정신이 내

정신이 아니야! 애들 따라다니다가 빨래도 못 하고 청소도 못 하고 집 안은 난장판이고!"

파트너는 낮에 일을 하러 가야 했기 때문에 저녁 시간까지 정사각형은 혼자서 아이들을 쫓아다닌다고 했다. 정사각형의 구조 요청에 무정형은 곧바로 출동했다. 쌓여 있던 빨래를 세탁기에 쓸어 넣어 작동시키고 나서 무정형은 정사각형이 청소기를 돌릴 동안 아이들을 방으로 몰고 들어가 붙잡고 있는 역할을 했다. 두 살짜리는 끊임없이 팔다리를 휘두르며 예측할 수 없는 방향으로 이동하려 했고 다섯 살짜리는 집 안에서 축구를 하고 싶어했다. 그리고 가루는 두 아기를 붙잡고 쩔쩔매는 무정형 앞에 앉아 무정형의 얼굴을 가만히 들여다보았다.

"이모는 그 애 죽은 거 봤어요?"

가루가 물었다. 무정형은 한순간 굳어졌다.

"이모 그런 거 조사하는 일 하잖아요?"

무정형은 고민했다. 그리고 마침내 고개를 끄덕였다. 가루는 열두 살이었다. 이미 진실을 알고 있는 아이에게 거짓말을 해봤자 소용없었다.

"그럼 그 애 진짜 죽었어요?"

가루가 다시 물었다. 무정형은 고개를 끄덕였다.

"그렇구나."

가루가 중얼거렸다.

"그 애하고 친했어?"

무정형이 물었다. 가루가 고개를 저었다. 옆에서 두 살짜리 막내가 서랍장을 열었다. 잘 깎은 연필을 꺼내 들었다. 무정형이 얼른 말했다.

"안 돼, 그거 위험해."

막내가 방글방글 웃으며 무정형을 쳐다보았다. 다섯 살짜리가 서랍에서 종이와 지우개를 꺼냈다.

"그거 위험해. 뾰족해. 다쳐."

무정형은 다급함이 목소리에 배어 나오지 않도록, 차분하고 단호한 태도를 유지하려 애쓰며 막내에게 다시 말했다. 그리고 막내에게 다가가 손에서 살며시 연필을 빼냈다. 막내는 방글방글 웃으며 몸을 돌려 침대를 향해 아장아장 걸어갔다. 무정형은 안도하며 서랍에 연필을 넣었다. 넣으면서 보니 서랍 안에 색연필 세트가 있었다. 무정형은 색연필을 꺼내 다섯 살짜리에게 내밀었다. 다섯 살짜리가 얼른 받아 들었다.

"색종이는 친한 애가 없었어요."

가루가 말했다.

"걔 이름이 색종이야?"

물으면서 무정형은 둘째와 막내를 흘끗 보았다. 다섯 살짜리 둘째는 방바닥에 엎드려 색연필을 하나씩 꺼내 종이에 여러 색의 선을 직직 그으며 놀고 있었다. 가루가 말했다.

"집에 가기 싫다고 했어요."

두 살짜리가 침대에 올라가려 낑낑거렸다. 무정형은 막내를 안아 침대 위에 올려 주었다. 막내는 침대 위에 서서 푹신하고 불안정한 표면 위에서 걸어 다니려 했다. 무정형은 막내를 안아 올려 위아래로 흔들어 발이 침대 표면에 살짝 닿게 해 주었다. 막내는 침대 위에서 뛰는 기분을 만끽하며 기뻐했다. 무정형이 가루를 향해 힘겹게 고개를 돌려 말했다.

"집에 가기 싫으면 안 가면 되잖아?"

"그러면 엄마가 화낸대요."

무정형이 막내와 놀아 주는 동안 둘째는 색연필로 가득 칠한 종이를 찢었다. 그리고 색연필을 하나씩 부러뜨리기 시작했다. 방바닥에 색색 가지 색연필 심 조각들이 흩어졌다. 무정형이 가루에게 물었다.

"색종이가 그랬어? 엄마가 화낸다고?"

가루가 고개를 끄덕였다. 둘째는 색연필을 모두 부러뜨린 뒤 이제는 침대로 올라가서 동생을 따라 침대 매트리스 위에서 뛰기 시작했다.

가루는 바닥에 웅크리고 앉아 있었다. 그리고 중얼거리듯이 말했다.

"좀 이상했어요."

"뭐가?"

무정형는 다섯 살짜리 둘째가 넘어지지 않는지 지켜보며 둘째가 뛰는 리듬에 맞추어 두 살짜리를 위아래로 흔들면서 헐떡거리며 물었다. 두 살짜리는 무거웠고 무정형이 안고 위아래로 살살 흔들어 주는 동안 점점 더 무거워지고 있었다.

가루는 얼른 대답하지 않았다. 그대로 바닥에 웅크리고 앉은 채 동생이 흘어 놓은 종이와 부러진 색연필 심을 손가락으로 만지작거렸다.

"그냥요."

마침내 가루가 중얼거렸다.

방문이 벌컥 열렸다.

"청소 다 했다! 아니 이게 다 뭐야?"

정사각형이 외쳤다. 침대 위에서 뛰던 둘째가 침대에서 뛰어내려 문가로 달려가 정사각형에게 매달렸다. 무정형에게 안겨 있던 막내도 버둥거리기 시작했다. 무정형은 막내를 바닥에 놓아주었다. 막내가 아장아장 걸어가서 정사각형의 다른 다리에 매달렸다.

"파괴의 현장이네."

정사각형이 어이 없다는 듯 웃으며 막내를 안아 올렸다. 그리고 다리에 매달린 둘째의 머리를 쓰다듬었다.

"간식 먹을래?"

"응!"

둘째가 외쳤다. 정사각형이 둘째의 어깨를 가볍게 두드리자 둘째가 신나게 부엌을 향해 달려 나갔다. 정사각형이 막내를 안은 채 무정형과 가루에게 말했다.

"나가서 간식 먹자."

과일을 먹으면서 무정형은 정사각형에게 가루가 한 말을 요약해서 전달했다. 그리고 조심스럽게 제안했다.

"가루가 경찰에 가서 진술을 하면 어떨까?"

정사각형은 바로 대답하지 않았다.

"가루한테 너무 힘들까?"

다시 물으면서 무정형은 살그머니 눈치를 살폈다.

"왜, 가루가 뭐래?"

정사각형이 두 살짜리가 과일 조각을 집어 입에 넣는 모습을 지켜보면서 물었다. 무정형은 자신이 들은 짧은 정보를 전했다. 정사각형이 고개를 끄덕였다.

정사각형은 우선 파트너에게 전화했다. 상황을 설명하고 파트너의 의견을 물었다. 그런 뒤에 정사각형은 거실에 앉아 있는 두 아이들에게 다가갔다. 둘째가 텔레비전을 틀어 자신이 좋아하는 어린이 프로그램을 보고 있었다. 가루는 동생 옆에 앉아 간식도 먹지 않고 멍하니 텔레비전 화면을 쳐다보고 있었다.

정사각형이 가루 옆에 앉아 말을 걸었다. 가루가 정사각형을 쳐다보았다. 두 사람이 짧은 대화를 나누고 가루가 고개를 끄덕였다. 정사각형이 가루의 어깨를 쓰다듬었다. 그리고 일어나서 다시 부엌으로 왔다.

"네가 아는 그 형사님한테 연락해 줄래? 가루가 진술하겠대."

가루가 거실에서 고개를 돌려 부엌을 바라보았다.

"무정형 이모도 같이 가면 안 돼?"

정사각형이 무정형을 바라보았다.

"같이 갈 수 있어?"

무정형은 조금 당황했다.

"어, 나는 오늘 쉬는 날이니까 오늘 가든지, 다른 날은 퇴근하고 나서 가야 되는데……."

"같이 가 줄래?"

정사각형이 다시 물었다. 무정형은 여전히 당황한 채로 고개를 끄덕였다.

"그러면 오늘 가도 되냐고 그 형사님한테 한번 물어봐."

정사각형이 제안했다. 무정형은 자신의 진술을 받았던 경찰에게 전화했다.

그리하여 정사각형과 무정형은 가루와 두 동생들을 데리고 경찰서에 가게 되었다.

정사각형이 경찰서 인근에 있는 다른 아이들의 집에 가루의 동생들을 맡겼다. 어린아이들의 저녁 식사도 그쪽 아이들의 집에서 먹을 수 있는지 확인했다. 그리고 정사각형은 이런 상황을 파트너에게 알린 뒤에 가루와 무정형을 태우고 경찰서로 향했다. 무정형을 조사했던 경찰이 미리 따로 면담실을 잡아 놓았다. 경찰의 뒤를 따라 정사각형과 무정형이 가루와 함께 들어갔다. 면담실 안에서 아동심리상담사가 세 사람을 맞이했다.

심리상담사는 가루에게 색종이가 어떤 아이였는지 질문하는 것으로 조사를 시작했다. 같이 놀았다면 무엇을 하며 놀았는지 물었다.

가루는 색종이의 어머니가 색종이를 데리러 온 날을 기억하고 있었다. 다른 아이들과 아이들의 집 마당에서 놀고 있었다. 아이들이 간식 먹으러 모두 집 안으로 달려갔다. 가루는 뒤에 처졌다. 그래서 천천히 들어가다가 정문 근처에 색종이가 서 있는 모습을 보았다.

"색종이네 엄마가 막 뭐라 하고, 색종이는 고개를 흔들고 있었어요. 색종이 엄마가 화가 많이 났어요. 색종이 팔을 잡고 끌고 가려고 하니까 색종이가 싫어했는데 결국 엄마한테 붙잡혀서 그냥 갔어요."

가루가 설명했다. 그것이 가루가 색종이를 본 마지막이었다. 다음 날부터 색종이는 아이들의 집에 나타나지 않았다.

"학교는? 학교는 왔어?"

심리상담사가 물었다. 가루는 고개를 저었다.

"몰라요. 걔하고 학년이 달라서 층이 아예 다르거든요."

"그렇구나."

심리상담사가 수긍했다.

옆에서 경찰이 고개를 끄덕였다. 그리고 가루가 말한 날짜를 다시 물었다. 경찰은 날짜와 함께 시간까지 몇 번이나 확인하고 싶은 모양이었다. 심리상담사가 부드럽게 가로막으며 가루에게 대신 질문했다.

"또 색종이에 대해서 얘기하고 싶은 거 혹시 있니? 어른들은 잘 모르니까 뭘 물어봐야 할지 모르거든."

심리상담사가 말했다. 가루는 조금 망설였다. 옆에서 경찰이 끼어들었다.

"색종이 평소 버릇이나, 웃기는 일이나, 특이한 일이나, 뭐 그런 거 없었어? 말하고 싶은 거 다 말해도 돼. 네가 얘기하는 건 다 수사에 도움이 되니까."

"예전에 한 번, 색종이가 생일이라고 엄마하고 놀러 가기로 했다고 하루 종일 자랑했는데, 저녁에 보니까 아이들의 집에 계속 있었어요."

가루가 불쑥 말했다.

"저녁 먹고 나서 위층으로 올라가는 걸 봤어요."

"그럼 색종이네 엄마가 안 데리러 온 거야?"

상담사가 물었다. 가루가 고개를 끄덕였다.

"그랬나 봐요."

경찰이 기록했다. 그리고 물었다.

"그러면 색종이는 엄마가 안 데리러 와서 계속 아이들의 집에서 지냈어?"

"잘은 몰라요. 그렇지만 계속 아이들의 집에서 살지는 않았어요. 안 보일 때도 있었어요."

가루가 잠시 생각한 뒤에 대답했다.

"그러면 색종이네 엄마가 색종이 데리러 아이들의 집에 왔던 적도 있겠네?"

경찰이 물었다.

"몰라요."

가루가 대답했다. 상담사가 물었다.

"그 전에는 색종이네 엄마 본 적 없었어?"

가루가 설명했다.

"색종이네 엄마가 색종이 데리러 온 걸 저는 그때 정문 앞에서 딱 한 번 봤어요. 그런데 색종이가 엄마하고 싸우더니 엄마한테 붙잡혀서 억지로 갔거든요. 언제는 엄마가 데리러 올 거라고, 엄마하고 놀러 갈 거라고 하더니 엄마가 진짜로 데리러 오니까 싸우고 가기 싫어해서 이상하다고 생각했어요."

"그러면 그 전에는 색종이네 엄마가 데리러 오는 걸 본 적이 없어?"

경찰이 같은 내용을 또다시 물었다. 가루가 고개를 끄덕였다.

"그러면 그 전에는 엄마가 데리러 오면 색종이가 좋아했는지, 엄마랑 바로바로 같이 집에 갔는지, 그런 건 모르겠네?"

경찰이 재차 확인했다. 가루가 대답했다.

"몰라요."

면담은 그것으로 끝났다. 경찰이 가루의 진술과 관련해서 아이들의 집 근무자인 정사각형에게 좀 더 묻고 싶은 것이 있다고 말했다. 정사각형을 면담실에 남겨 둔 채 무정형과 가루는 바깥으로 나왔다. 무정형은 가루와 함께 복도에 앉아서 기다렸다.

"목말라."

가루가 말했다. 무정형은 복도의 정수기에서 물을 받아다 주었다.

"잘했어."

무정형이 가루에게 말했다. 가루는 물을 마시며 고개만 가볍게 끄덕였다.

경찰서를 나와서 정사각형과 무정형, 가루는 가루의 동생들이 있는 아이들의 집으로 향했다. 정사각형과 무정형은 주방에서 아이들의 식사 준비와 배식을 돕고 가루와 동생들은 다른 아이들과 함께 저녁을 먹었다. 무정형은 이쪽 아이들의 집에 처음 와 보았다. 가루나 동생들은 정사각형과 함께 몇 번 와 본 적이 있어 낯설지 않은 모양이었다.

"가루우우우우!"

천둥 같은 소리가 식당을 울렸다. 무정형과 정사각형은 가루와 함께 동시에 돌아보았다.

삼각형이었다. 전동 휠체어를 탄 삼각형이 가루의 이름을 외치며 돌진해 오고 있었다. 그 뒤에서 줄넘기가 함께 달려왔다.

"삼가아아아악! 줄다리이이이이!"

가루도 소리치며 기뻐했다.

"얘, 밥 먹다 말고 그렇게 괴성을……."

정사각형의 잔소리는 소용이 없었다. 가루는 이미 목발을 휘두르며 친구들을 향해 달려가 버린 뒤였다.

"큰일 났네."

정사각형이 투덜거렸다. 무정형이 웃었다.

"왜, 반가워서 그러는데."

"삼각형이 개 키우기 시작했댄다. 맨날 여기 데리고 온대."

정사각형이 알려 주었다. 무정형은 놀랐다.

"어떤 개?"

"잘은 모르겠는데 하얗고 커다랗고 털이 엄청나게 빠지는 종이야."

정사각형이 말했다. 그리고 다시 한번 강조했다.

"털이, 진짜 엄청나게 빠져. 한번 같이 놀고 나면 가루도 털 뭉치가 돼서 내 자식인지 강아지인지 모르겠다니까."

무정형은 웃었다. 정사각형이 과장되게 한숨을 쉬었다.

"쟤 또 털 뭉치 돼서 오늘은 여기서 자고 가겠다고 그러겠다. 할 수 없지 뭐."

"저녁 먹다 말았는데 배고프지 않을까?"

무정형이 물었다. 정사각형은 고개를 저었다.

"부엌엔 항상 먹을 게 있으니까 배고프면 자기가 알아서 먹을 거야. 갓난아기도 아닌데 뭐."

아이들이 밥을 먹고 나서 노는 동안 정사각형과 무정형은 식당 정리를 도운 뒤 저녁 식사를 했다. 밥을 먹으며 정사각형이 말했다.

"색종이네 아빠라는 사람이 경찰서에 찾아왔던 모양이야. 경찰이 나보고 그 남자가 아이들의 집에는 온 적 없는지, 색종이를 만난 적이 있는지 묻더라."

"왔었어? 아이들의 집에?"

무정형이 놀랐다. 정사각형이 고개를 저었다.

"한 번도 본 적 없어. 걔네 엄마도 색종이는 아빠가 없다고 했고."

무정형은 색종이의 아빠에 대한 기사를 본 적이 있었다. 자신이 아버지로서 아이의 죽음에 대한 보상금이나 범죄 사건 피해자에게 국가가 지급하는 피해자보호 지원금을 받아야 한다고 주장하는 모양이었다.

"그런 보상금이 있어?"

무정형이 물었다. 정사각형이 다시 고개를 절레절레 흔들었다.

"없지, 그런 게 어딨어. 15세 미만은 생명보험 자체가 없는데. 그리고 애가 범죄 피해를 당했는지 말았는지 그 사람이 어떻게 알고 큰소리를 친대니? 병들어서 죽었는지 사고로 죽었는지 경찰도 아직 모르는데."

"그 사람이 죽인 거 아냐?"

무정형이 냉소적으로 물었다. 정사각형이 씁쓸한 얼굴로 고개를 끄덕였다.

"그러게. 누가 알겠어."

"그 사람이 애 아빠인 건 맞아?"

무정형이 중얼거렸다.

"유전자 검사 해 보면 금방 나오겠지."

정사각형이 대답했다.

두 사람은 잠시 말없이 밥을 먹었다. 한동안 말이 없다가 정사각형이 중얼거렸다.

"색종이네 엄마가 좀…… 종잡을 수 없는 사람이라 대하기가 힘들었는데 그 아빠라는 남자가 하고 다니는 꼬라지를 보니까 색종이네 엄마가 왜 그렇게 됐는지 알 것 같더라."

그리고 정사각형은 깊이 한숨을 쉬었다.

"색종이만 불쌍하지. 색종이네 엄마는 그렇게 힘들면 그냥 아이들의 집에 애를 맡기면 됐을 텐데."

"그러게."

무정형이 대답했다.

무정형은 그게 가장 이상했다. 가족이 아이를 아이들의 집에 맡기는 건 흔한 일이다. 모든 돌봄은 국가와 공동체의 책임이다. 그런 철학에 기초하여 아이들을 위해 만들어진 기관이기 때문에 이름부터 '아이들의 집'인 것이다. 색종이의 엄마도 차라리 색종이를 아이들의 집에 완전히 맡겨 버렸다면 아이가 아프거나 다쳤을 때 양육선생님들이 알아서 병원에도 데려가고 치료도 해 주었을 것이다.

색종이의 엄마는 왜 아이를 굳이 집에 데려가서 죽게 만들었을까. 그것도 가루의 진술에 따르면 싫다는 아이를 억지로 끌고 가서 말이다.

아이는 자신의 죽음을 알고 있었던 걸까. 무서운 일을 예감했기 때문에 그 집에 가고 싶지 않았던 것일까.

무정형은 싱크대 아래에서 수도관을 핥던 기괴한 얼굴과 푸르스름한 입술을 생각했다. 침실에 누워 있던 길고 희끄무레한 꾸러미와 그 끝에 튀어나온 머리카락을 생각했다. 소름이 끼치기보다는, 아이가 불쌍하다고 무정형은 처음으로 생각했다.

가루는 정사각형의 예상대로 그날 밤은 강아지와 함께 아이들의 집에서 자겠다고 선언했다. 다섯 살짜리 둘째도 가루와 개 옆을 떠나려 하지 않았다. 정사각형은 파트너에게 전화해서 집에 있는지 확인한 뒤 막내를 안고 가루의 잠옷을 가지러 집에 돌아갔다. 무정형은 아이들의 집에 남아 정사각형을 기다리며 잡일을 도왔다. 거실의 대형 가습기를 청소하고 물을 갈아넣은 뒤 스위치를 켰을 때 원통형 로봇이 스르르 무정형 옆으로 다가왔다. 원통형 로봇은 어디나 똑같이 생겼다고 무정형은 생각했다.

- 공기-청정기-가동-하는데 가습기-를 틀면 공기-청정기-는 습기-를 미세먼-지-로 인식-합니다.

원통형 로봇이 잔소리를 시작했다. 그러니까 똑같이 생긴 다른 로봇이 아니었다. 무정형의 숙적, 잔소리 대마왕 앨리스였다.

- 공기-청정기-나 가습-기 둘 중-하나-를 꺼야-합니다. 안-그러면 공-기청-정-기가 화냅-니다.

무정형은 피식 웃었다.

"네가 꺼. 같은 기계잖아."

앨리스가 몸통을 좌우로 빙글빙글 흔들었다.

- 공기-청정기-는 성질이-더럽습니다. 우리-는 사이-가 나쁩-니다.

"그래서 나보고 가서 끄라고?"

무정형이 다시 웃었다. 앨리스가 다시 둥근 몸통을 좌우로 빙글빙글 돌렸다. 앨리스는 원통형이라 고개가 따로 없었기 때문에 끄덕일 수 없었다. 앨리스가 빙글빙글 돌며 불평했다.

- 공기-청정기-성질-더럽습니다. 맨-날 화-냅니다.

"화를 내? 어떻게 화내는데?"

- 빨간-불-윙윙-윙윙-합니다.

원통형 로봇은 말하면서 공기청정기를 흉내 내어 빨간 불빛을 번쩍였다. 로봇이 시끄러운 소리까지 울리기 전에 무정형이 일어섰다.

"알았다, 알았어. 애들 자니까 시끄럽게 굴지 마."

무정형은 가습기를 끄러 갔다. 원통형 로봇이 졸졸 따라왔다. 무정형이 가습기를 끄고 소파로 돌아와 앉았다. 로봇이 무정형을 따라 소파 앞으로 와서 공연히 빙글빙글 돌았다.

거실 문이 열리고 정사각형이 들어왔다.

"나 왔다! 이거 가루한테 주고 우리는 집에 가자!"

정사각형이 잠옷과 세면도구가 든 주머니를 들고 말했다.

무정형은 정사각형과 함께 가루에게 잠옷을 갖다 주러 위층으로 올라갔다. 원통형 로봇도 따라왔다.

아이들이 자는 방에서는 원래 이쪽 아이들의 집에서 일하는 또 다른 원통형 로봇이 조용히 침대 사이를 돌아다니고 있었다. 가루가 커다랗고 어둠침침한 방 가운데 침대 1층에 앉아서 정사각형과 무정형에게 손을 흔들었다. 같은 침대에서 다섯 살짜리 둘째는 가루의 다리에 등을 바짝 붙이고 이불 속에 파묻혀 곤히 잠들었다. 옆 침대 1층에는 삼각형이 누워 태평하게 코를 골고 있었다. 그리고 침대 사이에 하얗고 커다란 개가 담요를 깔고 누워 있었다. 정사각형과 무정형이 들어서자 개가 몸을 일으키고 소리 없이 꼬리만 살랑살랑 흔들었다. 가루의 침대 2층에 앉아 있던 아이가 몸을 내밀어 아래층의 가루에게 뭔가 속삭였다. 정사각형은 가루에게 주머니를 건네주고 가루의 이마에 뽀뽀했다.

"이 꼭 닦고 자."

정사각형이 목소리를 낮추어 가루에게 말했다. 가루가 고개를 끄덕였다.

"자는 아이들 깨우지 않게 조심하고."

정사각형이 다시 말하면서 가루의 이마에 또 뽀뽀했다. 그리고 잠든 둘째를 안아 올렸다. 가루는 하얀 털 투성이가 되어 웃고 있었다.

무정형도 가루에게 잘 자라고 소근소근 인사했다. 두 어른은 잠든 어린이를 조심스럽게 안고 아이들이 자는 방을 나왔다. 원통형 로봇 두 대가 아이들과 함께 방에 남았다. 앨리스가 가루와 삼각형과 꼬리 치는 하얀 개 옆을 지켰다.

6.   입양인

표(表)의 입양 기록에는 이름과 생년월일이 있었고 사진 위에 '고아'라고 적혀 있었다. 표의 양모들은 표가 희귀한 질병에 걸려 있었으며 치료비가 너무 많이 들어서 친부모가 아기를 포기했다고 듣고 입양했다고 말했다. 표가 양모들과 함께 찾아낸 입양 기록 어디에도 희귀한 질병에 대한 언급은 없었다. 양모들은 표를 입양하자마자 병을 고치기 위해 병원에 데려갔다. 소아과 의사는 아기였던 표를 검진한 뒤 영양실조 외에 아기에게 잘못된 곳은 없다고 말했다. 양모들은 안심했다. 그러나 한편으로 양모들은 아기의 병이 너무 희귀해서 의사가 한눈에 진단을 내리지 못한 것일지도 모른다는 의심을 버릴 수 없었다. 그래서 양모들은 큰 병원 세 곳을 더 다니며 아기에게 여러 가지 검사를 받게 했다. 아기는 울면서 싫어했다. 첫 번째 큰 병원의 의사는 아기가 약간 영양실조 상태라고 진단했다. 양모들은 때 맞춰 영양 많은 음식으로 식사를 챙겨 주고 의사가 처방해 준 영양제를 아기에게 먹이며 두 번째 큰 병원에 찾아갔다. 의사는 아기가 건강하다고 말했다. 세 번째 큰 병원에서도 마찬가지였다.

아기는 아무 탈 없이 잘 자랐다. 양모들은 표가 마음도 건강하게 자라기를 원했다. 입양인으로서, 아주 어린 시기에 이주한 1세대 이주민으로서, 낳아 준 나라와 키워 준 나라 양쪽에 대해 긍지를 갖기를 원했다. 표가 혈통과 뿌리, 본국의 문화와 역사를 버리는 것을 원하지 않았다. 그래서 양모들은 표가 청소년일 때부터 표의 방학 기간 중에 혹은 양모들의 휴가 기간 중에 기회가 될 때마다 표를 버린 나라를 찾았다. 표는 박물관과 미술관에 가 보고 전통적인 종교시설에서 문화행사도 체험하고 교포 청소년들을 위한 문화 체험 캠프에도 참가했다. 그런 곳에서는 표가 입양된 정확한 과정이나 친부모를 찾는 방법을 알아낼 수 없었다.

오히려 의문은 더욱 커졌다. 표를 낳아 준 나라에는 '아이들의 집'이라는 제도가 있었다. 기본적으로 모든 아동의 양육을 일정 부분 국가가 책임지는 제도였다. 부모가 아이를 직접 양육하고 싶으면 당연히 집에서 양육할 수 있었다. 집은 신청하면 국가에서 무상으로 받을 수 있기 때문이다. 부모가 낮에 일하는 동안 아이들은 '아이들의 집'에서 양육선생님들이 돌봐주고 식사를 챙겨 먹이고 유치원이나 학교에 다니는 나이의 아이들이 제대로 교육을 받도록 등하교를 도와주고 숙제도 돌봐 준다. 그리고 아이를 키우다 보면 힘들 때도 있고 부모가 돈이 없거나 병에 걸리거나 다치거나 조부모가 아프거나 여러 가지 일이 생기게 마련이다. 그럴 때는 아이를 '아이들의 집'에 맡길 수도 있다. 아이들도 그렇게 생활하는 데 익숙해진 것 같았다. 아이가 원해서 스스로 '아이들의 집'에 머무르고자 한다면 부모는 강제로 아이를 데려갈 수 없다. 친부모가 자기 아이를 자기 집에 데려가려 해도 아이가 스스로 동의하지 않으면 안 된다는 것이다. 그 사실을 알고 표는 깜짝 놀랐다.

이런 제도가 있다면 아기가 아무리 희귀하고 위험한 병에 걸렸다 해도, 아무리 치료비가 많이 든다 해도 아기를 외국에 입양 보내야 할 이유는 없다. 아기를 치료하고 양육하는 과정을 국가가 책임져 주기 때문이다.

그렇다면 표의 친부모는 왜 표를 입양 보내야 했을까.

입양 기관은 어째서 표의 양모들에게 표가 희귀병에 걸렸다는 거짓말을 했을까.

친부모가 표의 희귀병을 핑계로 입양을 보냈다면 어째서 입양 기록에 표는 '고아'로 분류되어 있었을까.

알 수 없는 일투성이였다.

어쨌든 표에게는 이미 어머니들이 있었다. 표는 양모들이 자신을 사랑한다는 것을 알고 있었다. 희귀한 병을 앓고 있어 치료비가 많이 들 것이라는 경고를 듣고도 자신을 입양했다는 사실만으로도 표는 어머니들의 진심을 충분히 깨달을 수 있었다. 그래서 표는 지나치게 적극적으로 친부모를 찾으려 하지 않았다.

양모들은 궁금해했다. 그것은 걱정과 사랑이 섞인 궁금함이었다.

"나에겐 엄마들이 있어요."

표는 그럴 때면 이렇게 말했다.

"그걸로 충분해요."

양모들은 울었다. 그것은 기쁨, 대견함, 자랑스러움, 그리고 안타까움과 마음 아픔이 모두 섞인 눈물이었다.

자신을 낳고 버린 나라를 오가며, 여러 프로그램에 참여하며 표는 자신과 같은 입양인들과 입양인들의 권리를 위한 단체들을 알게 되었다. 입양인들을 위한 단체에서 간간이 활동하면서 표는 같은 입양인을 만나 사랑에 빠졌다. 표의 애인은 불운하게도 표와는 달리 양부모와 사이가 좋지 않았다. 애인의 양부모는 표의 애인을 어린 시절부터 학대했다. 마침내 성년을 맞이하여 양부모와 공식적으로 인연을 끊으려 했을 때 표의 애인은 자신에게 국적이 없다는 사실을 알게 되었다. 입양을 할 때 양부모가 아기의 국적 신청을 하지 않았기 때문이다.

"네가 네 나라에서 죽지 않고 여태까지 이 나라에서 이렇게 호화롭게 지낼 수 있었던 건 다 우리 덕분이다."

애인의 양부모는 애인에게 이렇게 말했다고 했다.

"그러니까 계속 이 나라에서 지내고 싶으면 돈을 벌어 와라. 그렇지 않으면 넌 강제 추방이다."

애인의 양부모는 이렇게 으름장을 놓으며 웃었다.

강제 추방이라는 말은 자식을 겁주기 위한 공허한 협박이 아니었다. 정권이 바뀌면서 표와 표의 애인을 키워 준 나라에서는 경찰과 정부기관들이 대대적인 불법 이민자 색출을 시작했다. 조부모의 조부모 때부터 그 나라에서 태어나 자라서 몇 대째 합법적으로 뿌리를 내리고 사는 사람들도 피부색이나 얼굴 모양 때문에 괜한 의심에 시달리며 일상을 위협받았다.

그래서 표는 서둘러 애인과 결혼했다. 애인이 국적을 가지고, 신분증을 만들고, 하다못해 운전면허라도 따고 제대로 된 직장을 구하려면 시민권자의 배우자가 되는 것이 가장 쉽고 빠른 길이었다.

표의 배우자가 된 관(慣)이 결혼 후에 한숨 돌리고 국적과 신분을 회복하기 위한 복잡한 행정절차에 매달리고 있을 때 표를 키워 준 나라의 정부는 동성결혼을 금지하기 위한 재판에 돌입했다. 동성간의 결혼을 허용한 법 규정 자체가 헌법에 어긋난다는 것이 재판의 이유였다. 생물학적 남성과 생물학적 여성이 결합하여 생물학적인 자녀를 출산하는 형태만이 정당한 가족구성의 방식이며 그 이외에는 어떤 종류의 시민 결합도 인정해서는 안 된다는 것이 새로운 정권의 입장이었다.

이것은 표의 가족 전체에게 커다란 타격이었다. 표의 어머니들은 힘겹게 얻어 낸 소수자의 권리를 지키기 위해 여러 단체에 가입했다. 함께 시위에도 참여했다. 표는 어머니들이 수도에서 열리는 대규모 집회에 참석할 수 있도록 비행기표를 구입하고 숙소를 예약해 주었다.

수도에서 열린, 소수자들의 권리를 위한 대규모 집회에 '동성연애자'들을 '처벌'해야 한다고 주장하는 종교적 근본주의 집단이 난입했다. 일부 극단주의자들은 차량을 몰고 들어와 맨손에 종이 피켓만 들고 있던 집회 참가자들을 덮쳤다. 시위 현장은 아수라장이 되었다. 표의 어머니들은 다른 여러 집회 참가자들과 함께 경찰에 체포되었다. 두 어머니 중에서 안나는 그 과정에서 큰 부상을 입고 병원에 입원했다. 마리아는 경찰에 연행되어 48시간 동안 갇혀 있는 바람에 직장에 출근하지 못했고 이로 인해 집회 참여 사실이 직장에 알려지자 즉각 해고되었다. 표는 마리아를 경찰서에서 구출하고 안나를 간병하기 위해 서둘러 수도로 달려갔다.

안나는 병원에서 퇴원한 뒤에도 오랫동안 고통스러운 재활의 과정을 거쳐야 했다. 마리아가 최선을 다해 아내를 돌보았다. 관은 시민권을 얻기 위해 애썼지만 쉽지 않았다. 결혼한 뒤에 관은 배우자 거주권을 예상보다 쉽게 취득했다. 그러나 이 거주권은 몇 년에 한 번씩 계속 갱신해야 했다. 그리고 배우자 거주권을 갱신하려면 시민권자와 혼인 관계를 지속하고 있다는 사실을 증명해야만 했다. 다시 말해 관의 법적인 신분은 배우자인 표에게 달려 있었다. 또 마리아는 실직했고 안나는 부상을 당해 일을 쉬어야 했다. 관은 일자리를 찾는 중이었다. 집 안에서 안정적인 소득원을 가진 사람은 표뿐이었다.

관은 오래 고민한 끝에 말했다.

"친부모의 나라에 돌아가 볼 생각이야."

"왜?"

표가 놀랐다.

"너와 내가 태어난 그 나라는 혈통주의를 따른다고 해. 어머니 또는 아버지가 그 나라 국적을 가지고 있으면 자식은 자동적으로 그 나라 국적을 가질 수 있어."

관이 말했다.

"내가 태어났을 때 생물학적인 부모가 그 나라 국적을 가지고 있었다는 걸 증명할 수 있으면 나는 자동으로 그 나라 국적을 가지게 돼. 국적이 있으면 신분이 생기고, 그러면 갈 곳이 생기잖아."

"그 나라로 가겠다고?"

표는 두려워했다. 관이 고개를 저었다.

"가서 살겠다는 게 아냐. 선택지를 만들겠다는 거야."

표는 이해했다. 그러나 선뜻 동의할 수도 없었다. 생물학적인 부모의 국적을 증명하려면 생물학적인 부모를 일단 찾아야 했다. 그것이 얼마나 막막한 일인지 표는 시도해 보았기 때문에 알고 있었다.

고민하는 표를 바라보다가 관이 오래 망설인 끝에 말을 꺼냈다.

"만약에 동성혼이 금지되면, 정부가 너의 시민권을 박탈하려고 할 수도 있어."

표는 고개를 끄덕였다.

그 가능성에 대해서는 표도 의식하고 있었다. 어머니들의 결혼이 인정받지 못하게 되면 혼인 관계 중에 입양한 자식인 표의 신분 또한 불안정해진다. 양모들이 표를 입양할 수 있었던 법적인 자격이나 심지어 입양했다는 사실 자체가 더 이상 공식적으로 인정받지 못하게 될 수도 있었다. 그런 구실로 표 또한 신분을 잃고 이 나라에서 쫓겨나게 될 가능성도 걱정하지 않을 수 없었다. 정권이 바뀐 뒤로 정부가 폭주하면서 상상도

하지 못했던 일들이 계속 일어났기 때문이다.

"널 사랑하지만, 너에게만 매달려서 살 수는 없어."

관이 표에게 말했다. 표는 고개를 끄덕였다.

관이 말했다.

"나도 네가 의지할 수 있는 사람이 되고 싶어."

"난 너에게 의지하고 있어."

표가 말했다.

"가지 마."

표가 관에게 매달렸다. 그리고 울었다.

관은 사실 자신을 버린 친부모의 나라에 대해 거의 알지 못했다. 관의 양부모는 애초에 입양한 자식에게 밥을 주거나 옷을 갈아입히는 것도 자주 잊어버리는 사람들이었으므로 관의 혈통이나 정체성에 아무 관심이 없었다.

관은 자신의 이름을 기억하고 있었다. 친아버지의 이름을 기억하고 있었다. 원가족과 함께 살았던 지역의 이름도 기억하고 있었다. 불분명한 기억이었다. 완전히 틀렸을 수도 있었다. 그것이 관이 가진 전부였다. 희미한 그 기억은 과거의 흔적이 아니라 자신이 한때 다른 삶을 살았고 다른 삶을 살 수도 있었다는 커다란 가능성이었다. 그래서 관은 찾아야만 했다.

떠나기 전에 관은 입양인 단체에 상담했다. 현지 사정을 잘 알고 관과 같은 입양인들의 사례를 많이 경험해 본 전문가들의 의견을 들었다. 그리고 관은 계획을 짰다. 표에게도 보여 주었다. 어머니들에게 표를 입양할 당시의 과정에 대해, 표의 나라에서 거쳤던 절차에 대해 최대한 자세히 캐물었다. 할 수 있는 한 단단히 준비를 갖춘 뒤에 관은 자신을 버리려는 나라를 떠나 이미 자신을 버린 나라에 도착했다.

관은 원가족과 함께 살았던 지역을 찾아갔다. 비행기에서 내려 공항철도를 찾아가서 기차를 타고 먼 길을 달려 도착한, 오래 전 자신의 고향이었던 도시였다. 그곳은 상상 외로 커다란 대도시였다. 언어도 모르고 물정도 모르는데, 이렇게 큰 도시에서 대체 어디서부터 무엇을 찾아야 할지 관은 막막한 기분이 들었다.

외국인 등록을 하고 얼마간 돈을 내면 거주지를 배정받을 수 있었다. 비자가 허락하는 기간인 90일까지는 배정받은 거주지에서 지낼 수 있었다. 거기까지는 떠나기 전에 알아보았다. 그래서 관은 외국인 등록을 하고 거주 신청서를 냈다. 당장 지낼 수 있는 집은 얼마 전에 사고가 있었던 집이라고 했다.

"고지 의무가 있으니까 알려드리기는 하는데…… 거기서 사람이 죽었어요."

외국인등록청에서 관의 거주 신청서를 접수한 공무원이 곤란한 표정으로 말했다.

"지금 비어 있는 집은 거기밖에 없어요……. 신청자가 워낙 많아서요……."

"상관없어요."

관이 말했다. 관은 편안하게 살기 위해 이 나라에 온 것이 아니었다. 관에게는 해야 할 일이 있었다. 그러니 짐을 내려놓고 잠만 잘 수 있다면 어디든 좋았다. 그래서 관은 그 집에 들어가게 되었다.

관의 원가족을 찾는 문제는 어이 없을 정도로 쉽게 해결되었다. 행정복지센터에서 출생증명서 발급에 대해 문의하는 데 시간이 가장 오래 걸렸다. 관은 이 나라에 거주 등록도 하지 않았고 납세자등록번호도 받은 적이 없었다. 관이 기억하는 자신의 이름과 출생일은 행정 기록과 맞지 않았다. 개인정보를 보호해야 하기 때문에 법에 따라 자세한 사항은 알려 줄 수 없지만 기록이 맞지 않는다고 공무원이 몇 번이나 말했다. 관은 친아버지의 이름을 제시했다. 담당 공무원은 고개를 저었다. 본인이 동의하지 않으면 개인정보를 줄 수 없다고 했다. 관이 아버지의 연락처를 알기 위해 동의를 얻으려면 아버지를 찾아야했고, 아버지를 찾으려면 아버지의 연락처가 필요했고, 아버지의 연락처를 얻으려면 아버지의 동의를 얻어야 했다.

관은 좌절했다. 그래서 관은 자신의 상황과 이 나라에 찾아

온 이유를 자동번역기의 도움을 빌어 힘겹게 설명했다.

"경찰에 가 보세요."

담당 공무원이 관의 이야기를 전부 들은 뒤에 자동번역기를 통해 제안했다.

"선생님 가족이 선생님을 찾고 있다면 유전자 정보를 등록했을지도 몰라요."

실종자를 찾기 위해 가족이 유전자 정보를 등록해 두는 제도가 있다고 공무원은 설명해 주었다. 경찰서는 행정복지센터에서 멀지 않았다. 관은 경찰서로 찾아가 자신의 사정을 또 다시 설명했다. 민원실 당직 경찰관은 관련 부서로 전화했다. 미해결 실종 사건을 담당하는 경찰관이 유전자 채취 키트를 들고 왔다. 경찰관은 면봉으로 관의 입안을 살살 훑었다.

"2, 3주 정도 걸릴 겁니다. 연락처 남기고 가세요."

실종 사건 담당 경찰관이 안내했다. 관은 여권 사본과 연락처를 경찰관에게 제출했다. 그렇게 해서 관은 2주 뒤에 가족을 만나게 되었다.

그 2주 동안 관은 온갖 가능성을 상상하며 불안과 두려움의 나락에서 희망과 기대감의 골짜기 사이를 왔다 갔다 했다. 관이 전화해서 푸념하면 표는 이렇게 말했다.

"그럼 그냥 집에 와. 너의 가족은 여기 있잖아."

그리고 표는 언제나 덧붙였다.

"난 널 사랑해."

그러면 관도 대답했다.

"나도 널 사랑해."

그리고 관은 멀리 바다 건너에 있는 배우자 대신 배우자의 얼굴을 비추어 주는 휴대전화 화면에 입 맞추었다.

2주 뒤에 관은 경찰의 전화를 받았다. 경찰서로 찾아가서 관은 아버지와 형과 누이동생을 만났다.

"내 새끼."

아버지가 관을 보자마자 달려들어 끌어안으며 말했다. 관은 언어를 알아듣지 못했지만 표정과 어조에서 아버지의 감정을 알아들었다.

"아이고, 아이고 내 새끼. 아이고, 내 새끼."

아버지는 이 말만 몇 번이나, 몇 번이나 되풀이하며 울었다. 형이 아버지와 관을 안고 등을 두드렸다.

누이동생이 어머니의 사진을 꺼냈다. 관은 자신이 이미 고인이 된 친어머니의 얼굴형과 이목구비를 그대로 물려받았다는 사실을 처음으로 보았다.

눈물의 외침과 기쁨의 탄성과 아쉬움과 애도의 한숨과 또다시 흘러나오는 눈물 속에 하루가 어떻게 갔는지도 모르게 지나갔다. 그리고 관은 표에게 전화했다. 이곳에 좀 더 머물러야

할 것 같다는 뜻을 전했다.

"그럼…… 언제 돌아와?"

표가 불안한 목소리로 물었다.

"돌아올 거지?"

관은 이해했다. 관이 '진짜 가족'을 찾았으니 이제 버려지는 것이 아닌지 표는 두려워하고 있었다.

"그런 문제가 아냐. 너와 어머니들도 나한테는 진짜 가족이야."

"그럼 뭐가 문제인데?"

표가 조금 울 것 같은 목소리로 물었다. 그래서 관은 서둘러 설명했다.

"마마 안나하고 마마 마리아가 너를 입양할 때 이 나라 쪽에서 주선한 단체가 '어린 사람들의 행복을 지지하는 단체'라고 했지?"

"응. 내 입양 기록에도 그렇게 적혀 있어."

이름이 독특해서 표도 관도 확실히 기억하고 있었다. 관이 말했다.

"나도 거기를 통해서 입양됐대."

관은 사실 입양된 것이 아니었다. 관은 납치당했다.

관의 어머니는 누이동생이 아직 어렸을 때 몹시 아팠다. 누이동생도 같은 병에 걸려서 입원했다. 관의 어머니는 고집을 부려서 일찍 퇴원했지만 아프거나 지쳐서 집에 누워 있는 일이 많았다. 관의 아버지가 일하러 가고 관의 형이 아이들의 집에 간 날, 관의 어머니는 또 아팠다. 관은 엄마와 함께 있겠다고, 아이들의 집에 가지 않겠다고 고집을 부렸다. 어머니는 방안에서 앓다 잠들었다. 관은 그 사이에 혼자 집밖으로 나왔다. 관은 다섯 살이었다.

지나가던 모르는 어른이 관이 보호자 동행 없이 거리를 배회하는 모습을 보고 관을 경찰서로 데리고 갔다. 경찰서는 절차대로 미성년자권리지원단체에 연락했다. 미성년자권리지원단체와 경찰관이 함께 관을 집에 데려갔다. 관의 어머니가 방안에 누워 있는 것을 보고 미성년자권리지원단체 직원이 사진을 찍고 이것저것 질문했다. 그런 뒤에 미성년자권리지원단체가 관의 어머니를 아동학대(방임) 혐의로 고발했다. 미성년자권리지원단체의 개입 하에 경찰이 관을 가족에게서 분리하여 보호했다. 관이 보호된 곳은 바로 그 미성년자권리지원단체가 운영하는 보호시설이었다.

"그 단체 이름이 '어린 사람들의 행복을 지지하는 모임'이었대."

관의 부모는 아이를 만나게 해 달라며 경찰과 해당 '모임'에 몇 번이나 찾아갔다. 관의 어머니가 병을 앓고 있었다는 의료기록, 진단서, 입퇴원증명서도 전부 제출했다. 경찰에서는 미

성년자권리지원단체에 상담하라고 말했다. 미성년자권리지원
단체에서는 경찰조사가 끝날 때까지 기다리라고 말했다. 1년
뒤 경찰 조사가 끝났을 때 관은 사라졌다.

관의 부모는 관을 찾아 헤맸다. 그 과정에서 관의 부모는 '어
린 사람들의 행복을 지지하는 모임'이 정부에서 직접 운영하는
산하기관이 아니라 그냥 사설 단체이며 정부와 계약을 맺었을
뿐이라는 사실을 알게 되었다. 관의 부모는 '어린 사람들의 행
복을 지지하는 모임'을 상대로 소송을 시작했다. 그제야 해당
단체 사람들은 관이 해외로 입양되었다는 사실을 관의 부모에
게 알려 주었다.

"찢어지게 가난한 집에서 엄마는 아프고 밥 챙겨 주는 사람
도 없이 애가 혼자 길거리 헤매고 다니는 것보다는 잘사는 나
라에서 부잣집에 입양돼서 잘 먹고 잘 지내는 쪽이 애한테도
좋지 않냐고 그 모임 직원이 그러더라. 나한테 눈을 부라리면
서 애를 부잣집으로 보내는 게 아동복지라고 소리 질렀어."

관의 아버지가 말했다. 20년이 지났는데도 관의 아버지는 그
순간의 모멸감과 분노를 또렷하게 기억하고 있었다.

관은 '잘사는 나라의 부잣집'에서 양부모에게 처음 맞았던
순간을 떠올렸다. 관은 양부모의 언어를 전혀 알지 못했다. 자
신이 입양되었다는 사실도 알지 못했다. 아무도 설명해 주지
않았기 때문이다. 새로운 언어로 된 새로운 이름을 가지게 되

었다는 사실을 관은 양부모에게 몇 번이나 얻어맞고 나서야 천천히 깨달았다.

"이름을 불렀는데 대답을 안 한다고 때리더라. 무례하다고, 자기들을 무시한다고. 난 그게 내 이름이라는 걸 몰랐는데."

관은 표에게 양부모에 대해서 말했다.

"내가 개도 아니고 어느 날 갑자기 다른 이름으로 부르면 그게 내 이름인지 어떻게 알아?"

관은 '어린 사람들의 행복을 지지하는 모임'에 가서 아버지에게 소리 질렀다는 직원에게 말해 주고 싶었다. 똑같이 눈을 부라리며 소리쳐 주고 싶었다.

관의 부모는 소송에서 졌다. 사법부는 '피해 아동'을 분리 보호한 조치는 적법했다는 판결로 '어린 사람들의 행복을 지지하는 모임'의 손을 들어 주었다. 관의 양육자가 질병으로 인해 '피해 아동'을 적절히 보호하고 양육할 수 없는 상태에 있었으며, '피해 아동' 또한 질병과 학대, 방임의 위험에 노출되어 있었다는 이유였다.

"어머니는 재판 도중에 돌아가셨대."

관이 쓸쓸한 목소리로 말했다.

"내 가족은 나를 버린 적이 없어. 가족은 나를 빼앗겼어. 너도 고아가 아니었을지도 몰라."

표는 반신반의했다. 관이 가족을 찾은 것은 기쁜 일이었지만 그렇다고 해서 모든 입양인이 관과 똑같이 부당하게 가족으로부터 분리되는 과정을 겪었다고 단언할 수는 없었다. 무엇보다도 표는 너무 어려서 입양되기 이전의 일을 전혀 기억하지 못했다.

"부당하게 분리되지 않았다면 왜 제대로 된 기록이 없어? 적법한 절차를 거쳤으면 한 단계마다 기록이 다 남아 있어야 하잖아? 물건을 사고팔 때도 전표나 영수증이 남는데, 우린 사람인데 왜 기록이 없냐고?"

관이 반문했다. 표는 동의했다. 그것은 단순하고 강력하고 옳은 논리였다.

관이 설명했다.

"그 '모임'은 분리한 아이들을 자기들이 운영하는 시설에 수용하고 정부에서 지원금을 받았어. 그 때는 그렇게 했대. 그러니까 아이 한 명이 보호소에 들어올 때마다 단체가 받는 지원금 수입이 늘어나는 구조인 거야. 그러면 그 단체는 당연히 아이들을 최대한 많이 가족에게서 분리시켜서 많이 수용하고 싶을 거 아냐. 그래야 돈을 많이 버니까."

"그건 의심스러운 구조다."

표가 동의했다.

"인신매매잖아?"

"그러니까 알아봐야지."

관이 말했다.

'어린 사람들의 행복을 지지하는 모임'은 이미 사라지고 없었다. 관은 오래된 웹페이지를 보관하고 복원해 주는 사이트에서 '어린 사람들의 행복을 지지하는 모임'의 당시 주소를 찾아냈다. 그곳은 지금 어디서나 볼 수 있는 흔한 상업용건물로 바뀌어 있었다. 지도 서비스를 사용해서 찾아낸 거리 사진에서 관은 간판에 적힌 '클리닉'이라는 단어와 옥상에 설치된 종교적 상징물을 알아보았다. 관은 이곳에 찾아가서 직접 봐야겠다고 결심했다.

7. 엘리베이터 귀신

"조사관님, 이것 좀 봐 주세요."

건물 관리인 요(饒)가 무정형에게 말했다.

"방범용 카메라 영상을 경찰에 제출해야 하는데…… 뭔가 좀 이상한 것 같아요."

그래서 무정형은 건물 관리인의 요청으로 귀신이 살인하는 영상을 돌려보게 되었다. 영상 속에서 두 사람이 엘리베이터에 탔다. 한 사람은 운동용품 가방을 들고 있었고 다른 한 사람은 길고 검은 옷을 입고 손에 아무 것도 들지 않았다. 엘리베이터 안에 들어서자 손에 운동가방을 든 남자가 마치 이 건물에 사는 사람인 양 자연스럽게 목적하는 층의 버튼을 눌렀다. 엘리베이터 문이 닫히자 남자는 운동용품 가방을 바닥에 내려놓았다. 그리고 가방을 열어 안에서 짧고 굵은 막대를 여러 개 꺼내더니 서로 이어 맞추기 시작했다. 막대 끝을 다른 막대에 넣고 돌려 연결하기를 반복하여 남자는 막대를 전부 연결하더니 막대를 흔들어 보았다. 막대는 길고 단단하게 연결되어 있었다.

남자가 고개를 돌려 길고 검은 옷을 입은 사람을 쳐다보았다. 그러더니 갑자기 검은 옷 입은 사람을 향해 막대를 휘둘렀다. 공격하는 것 같았다.

검은 옷을 입은 사람은 피하지 않았다. 오히려 막대를 휘두르는 남자에게 다가갔다. 남자는 막대를 점점 더 절박하게 휘두르며 엘리베이터 문 쪽으로 뒷걸음질쳤다. 엘리베이터 안은 좁았고 남자는 한두 걸음 물러서자 더 이상 갈 곳이 없게 되었다. 남자가 휘두르는 막대가 검은 옷을 입은 사람을 때렸다. 검은 옷 입은 사람은 전혀 아랑곳하지 않았다. 검은 옷 입은 사람이 남자에게 바짝 붙어 있었고 남자가 움켜쥔 막대는 너무 길고 그에 비해 엘리베이터 안이 좁았기 때문에 남자는 무기를 가지고 먼저 공격했는데도 수세에 몰렸다.

검은 옷 입은 사람이 남자의 목을 양손으로 잡았다. 그리고 조르기 시작했다. 남자는 더 이상 막대를 휘두르지 못하게 되었다. 막대를 놓치며 남자는 엘리베이터 문에 등을 기댄 채 천천히 바닥으로 무너졌다.

검은 옷 입은 사람은 남자의 목을 잡고 놓지 않았다. 그러면서 쓰러지는 남자와 함께 검은 옷 입은 사람도 천천히 몸을 낮추어 바닥에 앉았다. 쓰러진 남자를 타고 걸터앉아 검은 옷 입은 사람은 양손으로 남자의 목을 붙잡은 채 남자의 얼굴을 향해 고개를 뻗었다. 방범용 카메라 각도 때문에 검은 옷 입은 사람의 뒷모습만 보였다. 영상에서 보이는 모습만으로는 검은 옷 입은 사람이 쓰러진 남자에게 키스하는 것 같았다.

요가 영상을 정지시켰다. 그러고는 몹시 걱정스러운 표정으로 아무 말도 하지 않았다.

"결정적인 증거네요."

무정형이 말했다.

건물 관리인은 대답 대신 영상을 다시 재생시켰다. 화면 안에서 검은 옷 입은 사람이 천천히 고개를 돌렸다. 방범용 카메라를 똑바로 바라보았다. 검은 옷 입은 사람은 입술이 거무스름하고 푸르스름했다. 검은 옷 입은 사람이 거무스름하고 푸르스름한 입술을 올려 방범용 카메라를 향해 웃었다. 입술 사이로 드러난 치아가 지나치게 길었다. 웃고 있는데도 눈이 기괴하게 컸다. 검은 옷 입은 사람은 방범용 카메라를 계속 바라보며 웃어 댔다. 입술이 귀를 향해 찢어져 올라가면서 얼굴이 점점 카메라를 향해 다가왔다. 검은 옷 입은 사람의 몸은 분명히 쓰러진 남자 위에 걸터앉아 양손으로 남자의 목을 조르고 있는데 얼굴은 방범용 카메라에 다가오며 계속 커졌다. 마침내 거무스름하고 푸르스름한 입술이 방범용 카메라를 삼켰다. 건물 관리인이 서둘러 영상을 껐다.

"조사관님도 보셨죠?"

요가 떨리는 목소리로 무정형에게 물었다.

"저만 이상한 거 아니죠?"

"네. 저도 봤어요."

무정형이 말했다. 목소리가 잘 나오지 않았다.

"그 집에 귀신 살아요."

요가 속삭였다. 무정형은 고개를 끄덕였다.

"이젠 밖으로 나와서 돌아다니나 봐요."

요가 이를 악물며 눈을 꽉 감았다. 그러더니 다시 눈을 뜨고 무정형에게 물었다.

"어떡하죠? 경찰에 이 영상 제출해야 되는데, 저 못 하겠어요. 무서운 것도 무서운 거지만 경찰이 저 미친 사람 취급할 것 같아요. 제가 영상 조작했다고 할 것 같아요. 어떡해요?"

"제가 할게요."

무정형이 달랬다.

"제가 가서 얘기할게요."

건물 관리인이 애절한 눈으로 무정형을 쳐다보았다.

"영상 조작한 거 아니라고, 저 미친 거 아니라고 꼭 좀 얘기해 주세요."

그래서 무정형은 방범용 카메라에 찍힌 영상을 저장장치에 담아 들고 직접 경찰서를 찾아갔다.

"영상 조작한 거 절대 아니라고, 건물 관리인님이 형사님한테 꼭 좀 얘기해 달라고 그랬어요."

무정형이 저장장치를 건네며 상황을 간단히 설명한 뒤에 요가 부탁한 대로 전했다. 경찰이 고개를 끄덕이고 건조하게 대답했다.

"분석 맡기면 결과 나오겠죠. 감사합니다."

'기술과학의 발전을 지지하는 사람들의 단체'가 동영상 플랫폼에 선언 영상을 올렸다. 빼앗긴 아기를 당국이 어디에 숨겼는지 알아냈으니 직접 아기를 찾으러 가겠다는 내용이었다. 그 결과가 엘리베이터 속의 살인사건 영상이었다. 경찰은 선언 영상이 공개된 후 혹시 모를 사태를 대비해서 아기가 사는 집 앞을 밤낮으로 지키고 있었다. 그러던 중에 엘리베이터 문이 열리고 바닥에 쓰러진 남자와 그 목을 양손으로 조르는 다른 남자가 아기를 지키던 경찰들 앞에 모습을 드러냈다. 바닥에 쓰러진 남자는 이미 사망한 상태였다. 목을 조르던 남자는 주거침입과 살인 혐의로 체포되었다. 이어서 경찰은 기술과학의 발전을 지지하는 사람들의 단체가 목을 조르던 남자와 엘리베이터에서 죽은 남자와 어떤 연관성이 있는지, 엘리베이터 살인을 모의한 정황이 있는지, 아기를 실제로 납치하려 한 정황이 있는지 등등 수사를 하기 시작했다. 기술과학의 발전을 지지하는 사람들의 단체는 기자회견을 열고 그 영상을 또 동영상 플랫폼에 공개했다.

－ 살인사건은 조작이다! 영상은 가짜다!

－ ……경찰과 교육가족부가 공모하고 우리에게 억울한 누명을 씌운 것입니다!

－ 공권력이 빼앗아 간 우리의 아이를 되찾기 위해서 우리 기술과학의 발전을 지지하는 사람들은 할 수 있는 일을 다 할 것입니다!

이렇게 외치는 사람들의 영상이 언론에 보도되었기 때문에 무정형은 어떤 의문을 가지게 되었다.

아이의 시체를 본 뒤로 무정형은 그 희끄무레하고 길쭉한 형체와 천으로 휘감긴 끝에 튀어나와 있던 머리카락이 자꾸만 떠올랐다. 밤에 악몽을 꾸기도 했다. 그래서 무정형은 자신의 정신 건강을 위해 뉴스나 SNS를 일부러 안 보려 노력하고 있었다. 아기를 인공적으로 생산했으니 장애인도 동성애자도 피부색이 짙은 사람도 태어나지 않을 것이며 그것이 기술과학의 발전이라 주장하는 우생학 추종자들의 소식을 일부러 찾아서 볼 생각은 더더욱 없었다.

기술과학의 발전을 지지하는 사람들의 단체에 대해 경찰이 수사를 시작하면서 문제의 단체 사람들은 아이들의 집 앞에서 하던 시위를 중단하고 도망쳤다. 시위를 하려 나타나는 사람들을 경찰이 연행해서 살인사건 수사를 진행했기 때문이다.

- 경찰은 우리의 기본권인 집회와 시위의 권리를 침해하고 있습니다!

동영상 안에서 기술과학의 발전을 지지하는 사람들은 이런 말도 외쳤다. 기술과학의 발전을 지지하는 단체 사람들이 경찰에 잡혀가거나 도망치고 시위가 중단되어 아이들의 집은 다시 문을 열 수 있게 되었다. 정사각형이 기뻐하며 자랑했다. 무정형도 안심했다. 그래서 아이들의 집이 운영을 재개한 날 저녁에 무정형은 퇴근하고 아이들의 집을 찾아가서 정사각형과 함께 밥을 먹었다.

저녁을 먹으면서 정사각형이 뉴스와 동영상을 보여 주었다. 무정형은 기자회견을 하는 사람들, 앞줄에 서서 마이크를 들고 서 있는 사람들 뒤로 언뜻 눈에 띄는 얼굴을 보았다고 생각했다. 누구인지 얼른 생각나지 않아서 동영상을 다시 한번 돌려 보았다. 다시 봐도 누구인지 알 수 없었다. 영상으로는 너무 빠르게 지나가 버렸기 때문에 무정형은 영상을 멈추고 스크린 숏을 찍었다. 스크린 숏을 정사각형의 휴대전화에서 자신의 휴대전화로 전송했다. 그리고 무정형은 스크린 숏에 흐릿하게 찍힌 얼굴을 확대해서 들여다보았다.

"왜 그래?"

정사각형이 물었다.

"뭐 잘못됐어?"

"응? 어, 아니야."

무정형은 사진을 닫고 휴대전화를 내려놓았다. 아이의 시체가 발견되어 경찰 조사를 받고 나오던 날 경찰서 앞에서 본, 우주선처럼 거대한 은색 차에서 내린 평범한 얼굴과 평범한 차림의 평범한 여자가 기자회견을 하는 사람들 사이에 서 있었다. 여자가 누구인지 알지 못했으므로 무정형은 이 상황을 정사각형에게 어떻게 설명해야 할지도 알지 못했다. 그래서 무정형은 가장 간단한 방법을 선택했다. 정사각형에게 대충 둘러댔다.

"그냥, 도대체 뭐 하는 사람들인가 해서."

"범죄자들이지 뭐."

정사각형이 냉소적으로 내뱉었다. 무정형도 동의했다.

"그렇겠지, 아마."

"아마가 아니고 내가 알아. 그 사람 여기 찾아왔었어."

정사각형이 얼굴에 깊은 경멸의 표정을 띠고 말했다.

무정형은 깜짝 놀랐다.

"찾아와? 여길? 누가?"

"그 범인, 있잖아. 엘리베이터 살인범. 잡고 나서 보니까 코트 안에 칼 숨기고 있었다고 뉴스에 나서 양육선생님들끼리 완전 홀랑 뒤집어졌어."

정사각형이 굳은 얼굴로 말했다. 무정형은 더욱 놀랐다.

"그 사람이 칼 가지고 여길 왔었다고?"

"아니, 이번에 말고."

정사각형이 말을 끊었다. 숨을 깊이 들이쉬었다.

"그 사람 친족 성폭력범이야."

정사각형의 이야기에 따르면 피해 아동이 집에 가려 하지 않고 특히 밤에는 아이들의 집에서 나가려 하지 않았기 때문에 담당 양육선생님이 신경을 쓰며 지켜보고 있었다. 그러던 어느 밤중에 로봇이 당직 양육선생님에게 비상전화를 걸었다. 양육선생님은 휴대전화 화면에 나타난 위치로 달려갔다. 아이들이 자는 방에 성인 남성이 들어와 있었다. 남자는 난동을 부렸고 피해 아동은 겁에 질려 파랗게 질린 채 떨고 있었다. 모든 상황은 방 안의 방범용 카메라와 로봇에 탑재된 카메라에 녹화되었다. 양육선생님의 신고로 경찰이 출동했다.

"경찰이 끌고 가서 바로 가해자 격리했는데 어떻게 빠져나왔는지 여기 찾아와서 자기 아이 내놓으라고 난리 난리…….. 애들이 무서워서 밤에 못 자고 경기 일으키고, 한참 고생했다. 벌써 몇 년 됐어."

무정형은 입을 벌린 채 아무 말도 할 수 없었다.

"뭘 잘했다고 '내 아이를 찾으러 왔다! 내 아이를 절대로 포기하지 않겠다!' 이 난리를 치더니만……. 이제는 갓난아기를 납치하시겠다고 칼까지 들고 갔네. 굉장하다."

엘리베이터 살인사건에 연루된 사람들이 아기를 납치하기 위해 건물에 침입했는지는 아직 확실히 밝혀지지 않았다는 사실을 말하려다가 무정형은 정사각형이 얼굴을 찡그렸기 때문에 그냥 입을 다물었다. 정사각형은 계속해서 푸념하듯 뱉어냈다.

"감옥 가서 평생 썩을 줄 알았는데 어떻게 벌써 기어 나왔대? 아니, 알 거 없다. 알고 싶지도 않네. 이번엔 사람 죽였으니까 다시는 못 나오겠지. 그냥 감옥에서 빨리 죽었으면 좋겠다."

정사각형이 손사래를 쳤다.

"그, 살인범이 이 단체 사람인 건 맞아?"

무정형이 조심스럽게 물었다. 정사각형이 콧방귀를 뀌었다.

"저 자식들도 아기 찾으러 가겠다고 그랬다며. 그때 그 자식하고 똑같은 소리를 하잖아, 무슨 세탁소에 맡긴 옷 찾으러 가겠다고 하는 것처럼. 애들도 사람인데 사람을 저렇게 내놓고 물건 취급하는 것들이 어련하겠니."

이러한 주장은 어린이 양육을 전문으로 하는 양육교사다운 관점이다. 그러나 과학적인 근거는 없는 것 같다고 무정형은 생각했다. 그래도 정사각형은 친구이기 때문에 무정형은 자기 생각을 굳이 입 밖에 내어 말하지는 않았다.

그보다도 무정형은 기자회견을 하던 사람들 사이에 서 있던 여자의 평범한 얼굴을 생각하고 있었다. 자신과 같은 날에 경찰서에 출두했다 해서 반드시 같은 사건으로 조사를 받는다는 보장이 있는 건 아니었다. 평범한 얼굴의 평범한 중년 여자는 애초에 경찰에 조사를 받으러 온 게 아닐 수도 있었다. 전혀 다른 사건을 신고하러 왔을 수도 있다. 아니면 범죄 사건과 관계없이 그저 운전면허증을 갱신하기 위해 찾아왔을 수도 있었다.

혹은, 아이가 그 집에서 시체로 발견된 이유를 평범해 보이는 그 여자는 알고 있을지도 몰랐다.

아기는 키 큰 양육선생님과 함께 아이들의 집으로 돌아갔다. 그래서 다시 그 집이 비었다. 다음 거주자가 바로 입주하기를 원했으므로 무정형은 다시 구와 함께 그 집에 거주환경 조사를 하러 가게 되었다.

건물의 엘리베이터 두 대 중 한 대는 아직도 경찰이 붙인 '접근 금지' 테이프로 막힌 채 작동 중지 상태였다. 무정형은 엘리베이터 비상열쇠를 가지고 있었다. 그래도 계단으로 올라가는 편이 나을지, 8층인데 자신이 걸어 올라갈 수 있을지 고민했다.

고민하는 사이에 구가 엘리베이터 열쇠를 꽂아 돌렸다. 문이 열리자 안으로 들어갔다.

"안 타?"

구가 안에서 무정형을 불렀다. 무정형은 어쩔 수 없이 엘리베이터에 탔다.

지난번에도 싱크대 아래의 얼굴이 구가 나타났을 때 없어졌으니까, 이번에도 구가 귀신을 막아 주기를 무정형은 은근히, 간절히 바랐다. 8층까지 올라가면서 무정형은 자신도 모르게 엘리베이터 안을 자꾸 두리번두리번 돌아보았다.

구와 무정형은 아무 일도 없이 8층에 도착했다. 엘리베이터 문이 열렸다.

"엄청나게 자주 온다. 이 집 전속 조사관 같네."

구가 아파트 문을 열며 중얼거렸다. 무정형은 잠시 망설이다가 구의 뒤를 따라 조심스럽게 집 안으로 들어섰다.

집에는 별다른 이상이 없었다. 무정형은 텅 빈 거실을 성큼성큼 가로질러 가장 먼저 침실로 향했다. 문을 열기 전에 잠시 긴장했지만 침실 안에는 무정형의 예상이나 상상과는 달리, 예정대로 아무 것도 없었다. 키 큰 양육선생님과 아기의 짐은 모두 아이들의 집으로 돌아갔고 침실 안은 깨끗하게 비어 있었다. 표백제 냄새가 여전히 희미하게 풍겼지만 이전처럼 그렇게 지독하지는 않았다.

침실 창문의 커튼은 걷어 놓은 상태였다. 무정형은 채광과 통풍부터 점검 사항을 하나씩 확인하기 시작했다. 화장실 안에서는 표백제 냄새가 조금 더 진하게 풍겼지만 역시나 별다른 이상은 없었다.

무정형이 화장실 점검도 마치고 밖으로 나왔을 때 구가 부엌 싱크대 아래 수납장을 열고 그 앞에 가만히 쪼그리고 앉아 있었다. 무정형은 긴장했다.

"왜 그래?"

무정형은 구에게 조심스럽게 다가갔다.

"뭐가 있어?"

구의 등 뒤에 서서, 무서워서 몸을 굽히지는 못하고 무정형이 속삭이는 목소리로 물었다.

"아니. 아무 것도 없어."

구가 일어섰다. 탁, 소리를 내며 싱크대 아래 수납장 문을 닫았다.

"너 놀려 주려고."

그리고 구는 싱긋 웃었다. 무정형은 불평했다.

"놀리니까 좋냐?"

귀신은 엘리베이터에 있으니까, 이제 싱크대 아래에는 없을 것이다. 귀신은 집 밖으로 나갔다. 귀신은 이 건물 안을 돌아다니고 있다. 언제 어떻게 마주칠지 모른다.

이런 생각들이 머릿속에서 계속 솟아났지만 무정형은 구에게 말하지는 않았다. 아기를 납치하러 온 사람들을 해친 것을 보면 싱크대 아래에서 본 얼굴은 좋은 귀신일지도 몰랐다. 무정형은 그렇게 생각하려 애썼다. '좋은 귀신'이라는 게 존재할 수가 있는지, 정말로 좋은 귀신이라면 어째서 아이가 이 집에서 죽게 내버려두었는지, 연달아 의문이 솟아올랐다. 무정형은 답을 알지 못했으므로 더 이상 생각하지 않으려 했다.

무정형은 구와 함께 엘리베이터를 타고 1층으로 내려갔다. 엘리베이터 문이 열렸을 때 앞에 건물 관리인이 서 있었다.

"조사관님, 잠깐만 말씀 좀 드려도 될까요?"

요가 무정형에게 말했다.

"난 차에 가 있을게."

구가 말하고는 먼저 주차장으로 나가 버렸다.

"영상 보여 주셨어요? 경찰이 뭐래요?"

구가 사라지자마자 건물 관리인이 초조하게 물었다. 무정형은 간단하게 대답했다.

"분석하면 결과 나올 거래요."

무정형이 가려 할 때 건물 관리인이 다시 무정형을 붙잡았다.

"저, 미친 거 아니죠? 조사관님도 보셨죠?"

건물 관리인이 다짐하듯 물었다. 무정형이 고개를 끄덕였다. 건물 관리인이 울 듯이 한숨을 쉬었다.

"그런데 사실은 차라리 제가 이상해진 거면 좋겠어요. 그런 게 돌아다닌다고 생각하면 너무 무서워서……."

"귀신이 사람을 죽이는 게 아니에요."

무정형이 달랬다.

"사람이 사람을 죽이는 거예요."

"네?"

건물 관리인의 눈이 커졌다. 무정형은 후회했다. 괜한 말을 해서 상대방을 더 겁먹게 만든 것 같았다. 무정형은 건물 관리인을 달랬다.

"그 귀신은 나쁜 사람만 해쳐요. 관리인님도 보셨잖아요."

"아······."

건물 관리인은 조금 안심한 것 같았다. 무정형은 덧붙였다.

"나쁜 사람한테 씌어서 나쁜 사람을 해치는 귀신이니까, 관리인님하고는 아무 상관 없을 거예요."

그것은 무정형이 자기 스스로 안심시키는 말이기도 했다. 건물 관리인은 마침내 고개를 끄덕였다.

사무실로 돌아오면서 무정형은 주거환경 조사관이 되어 처음 점검하러 나갔을 때 선배들이 흉가로 데려갔던 일을 떠올렸다. 선배들은 무너져 가는 건물 앞에 차를 세우고 점검 항목 27개를 모두 확인하라며 무정형을 밀어서 내리게 하고는 떠나버렸다.

건물이 너무 심하게 망가져 있었기 때문에 점검 항목 전체를 훑어 부적격 판정을 내리는 데는 2분도 걸리지 않았다. 당시 무정형은 젊었고 겁이 없었기 때문에 손전등을 켜고 건물 안을 천천히 둘러보았다. 벽에 붙은 구구단표, 바닥에 나뒹구는 낡아 빠진 인형, 만화 캐릭터가 그려진 매트 등 아이들을 위한 물건들이 눈에 띄었다.

복도 끝에 빗장이 달린 문이 있었다. 가까이 가서 보니 녹슨 문에 열쇠 구멍이 두 개나 있고 그 아래 커다란 빗장이 있고 빗장에 자물쇠를 채우는 구멍도 있었다. 다만 자물쇠는 바닥에 떨어져 있었고 빗장은 완전히 녹슬어서 잠기지 않았다.

무정형은 문을 열었다. 잘 열리지 않아서 한참 애를 써야 했다. 선배들의 장난이고 실제로 이 버려진 건물을 점검할 필요는 없다는 건 무정형도 알고 있었다. 문 안쪽을 보고 싶은 마음은 순전히 호기심이었다.

문을 열었을 때 가장 먼저 무정형을 덮친 것은 오래 묵은 악취였다. 썩은 고기와 동물의 배설물이 섞인 듯 구역질 나는 냄새였다. 무정형은 황급히 소매로 코와 입을 막았다.

손전등으로 안을 비추었다. 방에는 창문이 없었다. 한쪽 바닥에 때에 절고 뭔지 모를 얼룩에 뒤덮여 갈색으로 변한 매트리스 같은 것이 깔려 있다기보다 뒹굴고 있었다. 그리고 의자 하나와 양동이 하나가 있었다.

무서웠다. 그 어떤 귀신이나 초자연현상보다도 아무 것도 없는 그 악취 나는 방이 무정형은 가장 무서웠다.

나와 보니 선배들은 차를 돌려 떠나는 척했다가 되돌아와 건물 앞에서 무정형을 기다리고 있었다. 저녁밥을 사 주면서 선배들은 그 건물이 아이들을 가두어 놓는 감옥이었다고 알려 주었다.

"소년원 같은 데 말이에요?"

무정형이 물었다. 선배가 고개를 저었다.

"아동학대 피해자를 분리해서 가둬 놓던 데야."

"피해자를 왜 가둬요?"

무정형이 어리둥절해서 물었다. 다른 선배가 대답했다.

"옛날에는 그랬대. 여긴 개인이 하는 사설 기관이었는데 아동학대 신고가 들어오면 무조건 애를 데려다 피해자 보호한다는 명목으로 가둬 놓고 정부에다가 피해 아동을 이렇게 많이 '구조'했다고 숫자 보고하면 머릿수대로 돈 받고 그랬대."

"그런 게 어디 있어요? 그거 납치 감금 아니에요?"

무정형이 분개했다.

"거의 그런 짓이지 뭐."

선배들이 고개를 끄덕였다.

"가둬 놓으면 언제 풀어줘요?"

무정형이 물었다.

"안 풀어줘."

처음에 말을 꺼냈던 란(爛) 선배가 대답했다.

"놀리지 말구요."

무정형이 가볍게 반박했다. 란 선배가 진지한 얼굴로 말했다.

"정말이야. 안 풀어줘. 애들 시켜서 원장네 집 청소하고 밥하고 여기 뒤쪽에 건물도 하나 더 짓고 그 뒤에 있는 산 개간해서 과수원 만들어서 과일 따다 팔게 하고 그랬대."

"애들한테요? 강제 노동을 시켰다고요?"

무정형이 놀랐다. 란 선배는 굳은 얼굴로 고개를 끄덕였다.

"그러다가 저 산 너머로 도망친 애들이 경찰에 신고해서 실태가 알려진 거야. 애들이 말라 비틀어지고 상처투성이고 다 해진 옷 입고 있으니까 경찰이 덮쳐서 싹 뒤집은 거지."

옆에서 듣고 있던 유(裕) 선배가 끼어들었다.

"그 과수원 만들다 죽은 애들 암매장 하는 것도 같이 지내던 애들한테 시켰다니까? 그래서 저 산이 애들 귀신 나오는 걸로 유명하다고."

"너무 불쌍하네요."

무정형이 중얼거렸다.

"얘 뭣 좀 아네."

란 선배가 왠지 칭찬했다. 무정형은 조금은 의아하고 조금은 어이가 없어서 선배를 쳐다보았다. 란 선배가 설명했다.

"사람이 제일 무서워. 귀신은 불쌍하지."

유 선배가 옆에서 고개를 끄덕였다.

"이 일 하다 보면 온갖 건물을 다 가 보게 되고 사람 죽은 것도 보고 그러는데, 귀신이 사람 죽이는 일은 없더라. 사람이 사람을 죽이더라고. 제일 무서운 건 사람이야."

그리고 유 선배는 자신이 환경 점검하러 간 현장에서 시신이 발견되어 경찰을 불렀더니 살인범이 옷장 속에 숨어 있다가 경찰차 사이렌 소리를 듣고 뛰어나가 도망치려다 잡혔다는 이야기를 신나게 늘어놓았다.

"또 그 얘기냐? 한 번만 더 들으면 백만 번째다."

란 선배가 불평했다.

"그럼 백만 두 번째 들어."

유 선배가 지지 않고 대꾸했다. 란 선배가 투덜거렸다.

"백만 세 번째 들으면 귀 터진다니까."

"산업재해 신청해."

유 선배가 받아쳤다.

"그럼 저기는 언제 망한 거예요? 거기 있던 애들은 어떻게 됐어요?"

무정형이 물었다. 란 선배가 대답했다.

"경찰이 덮치고 얼마 못 가서 망했지. 애들은 거의 부모가 데려갔을걸? 부모가 없는 애들은 아이들의 집으로 가고."

그리고 란 선배가 보충해서 덧붙였다.

"그때는 애들을 대부분 부모가 키우던 시절이었거든."

"그럼 그 애들은 부모가 학대해서 분리 조치돼서 시설에 잡혀 와서 학대당하다가 도로 그 학대하는 부모한테 돌아간 거예요?"

무정형이 다시 분개했다. 유 선배가 대답했다.

"그런 경우도 있고, 아닌 경우도 있어. 말했다시피 사설 기관이고 애들 머릿수대로 돈이 되니까, 학대인지 아닌지 정확히 안 따지고 그냥 만만한 집에서 애를 뺏어 온 경우가 제일 많았겠지."

"벌써 오래된 일이다. 한 30년? 최소한 20년은 넘었으니까 그때 그 애들이 지금은 다 어른이 됐을 거야."

란 선배가 대화를 마무리 지었다.

그때 선배들이 왜 하필 자신을 그런 곳으로 데려갔는지 무정형은 아직까지 이해할 수 없었다. 아동인권 보호에 관한 어떤 구체적인 교훈을 주기 위해서 데려간 것은 분명 아니었다. 그저 귀신이 나오는 것으로 유명한 폐건물을 찾다 보니까 그렇게 되었을 것이라고 무정형은 짐작했다.

'사람이 사람을 죽인다. 귀신은 사람을 죽이지 않아.'

무정형은 다시 마음 속으로 되풀이했다.

기술과학의 발달을 지지하는 사람들이 기자회견을 하던 모습과 그 안에 서 있던 평범한 여자의 평범한 얼굴이 밑도 끝도 없이 떠올랐다.

그들이 정말로 아이를 죽인 것인지, 무정형은 의문을 가졌다. 만약에 그들이 죽였다면, 어떻게, 그리고 어째서 죽였는지, 무정형은 궁금해지기 시작했다.

7_1. 기다리는 집

섬은 아기를 빼앗겼다. 남자는 섬을 때렸다. 섬이 정신을 잃자 남자는 섬을 항아리 안에 넣었다. 섬은 목이 말랐다. 항아리 뚜껑이 닫혔다.

아주 오랫동안, 섬은 목이 말랐다. 항아리 안에서 섬은 아기를 기다리며 말라 갔다.

남자는 돌아오지 않았다. 항아리 안에서 벌레들이 섬의 몸을 뜯어 먹었다. 사마귀는 매달려서 허물을 벗었다. 수백 마리의 아기 사마귀들이 알에서 깨어났다. 섬의 아기는 돌아오지 않았다. 섬은 쪼그라들었고 항아리 속 벌레들은 늘어났다.

항아리 뚜껑이 열렸을 때 섬의 집에는 이미 아기도 남자도 없었다. 섬의 집에서 여자가 아이와 함께 살고 있었다.

섬은 목이 말랐다. 여자의 아이는 죽어 가고 있었다.

섬은 아기를 기다렸다. 섬의 아기는 돌아오지 않았다.

섬은 죽어 가는 아이 옆에 누웠다. 아이는 괴로워하고 있었다. 섬은 존재하지 않는 팔을 열어 말라 버린 품 안에 아이를 안았다. 섬도 한때 살아서 고통받았다. 살아서 고통받는 아이들은 모두 섬의 아이였다.

아이는 섬의 품에 안겨 죽었다. 그래서 섬은 집을 떠날 수 없었다. 섬의 집에서 아이가 살지 못하고 죽었다. 그러면 섬은 영원히 떠날 수 없었다. 섬은 살아 있는 자신의 아기를 만나야만 했다.

섬은 아기를 지켜야만 했다.

8.   다리

엘리베이터 귀신 영상 때문에 무정형은 건물 관리인과 함께 다시 경찰서에 찾아갔다. 건물 관리인이 간절하게 동행을 부탁했기 때문이다. 경찰은 엘리베이터 안이 건조했는지, 냉난방을 어떻게 관리하는지에 대해 자세히 물었다. 건물 관리인 요는 '엘리베이터'라는 말이 나오자 눈에 띄게 얼굴이 창백해졌다.

"엘리베이터 내부 기온이 30도 이상이면 냉방, 15도 미만이면 난방이 나오게 설정은 돼 있어요."

요가 몹시 긴장하며 대답했다.

"그렇지만 자주 틀지는 않아요……. 전기가 많이 들어가고 냉방을 틀면 냄새가 난다는 민원이 몇 번 들어왔는데 작년에 교체 신청을 했지만 아직도 허가가 안 나서…….”

이후 엘리베이터 냉난방기의 노화 상태와 건물 관리 예산 부족 실태에 대한 건물 관리인의 호소에 경찰은 그다지 관심이 없는 것이 명백했다. 사건 당일 엘리베이터 안에서 난방기가 작동하고 있었는지 경찰은 몇 번이나 되풀이해 물었다.

“잠깐만요…….”

건물 관리인이 휴대전화를 꺼냈다. 화면을 조작하는 손가락이 덜덜 떨렸다. 관리 앱을 열어 화면을 넘기다가 건물 관리인이 손가락의 움직임을 멈추었다.

“그날 새벽에 난방 잠깐 했네요……. 내부 기온이 14도로 내려가서…… 새벽 2시에서 5시 사이에 난방 가동하다가 15도 돼서 꺼졌어요.”

건물 관리인이 앱에 기록된 내역을 경찰에게 보여 주었다. 경찰이 휴대전화를 꺼내서 관리 앱 화면을 사진 찍었다.

“그 이후에도 난방 가동했습니까?”

경찰이 물었다. 건물 관리인이 화면을 다시 열심히 넘겼다. 이제는 손가락이 조금 덜 떨리는 것 같다고 무정형은 옆에서 바라보면서 생각했다.

“그 뒤에는 난방을 안 했어요……. 낮에는 엘리베이터 내부 기온이 18도까지 올라갔거든요…….”

건물 관리인이 다시 휴대전화 화면을 내밀며 말했다. 경찰이 또 사진을 찍었다.

"그 다음 날 새벽 3시까지 난방 가동 안 했어요……."

건물 관리인이 설명했다. 이번에도 휴대전화를 내밀었지만 경찰은 사진을 찍지 않았다.

"다음 날 기록은 안 주셔도 괜찮습니다. 난방을 틀지 않았다……. 그러면 혹시 엘리베이터 안에서 탑승객이 난방을 틀수는 있습니까?"

"그건 안 돼요."

건물 관리인이 바로 대답했다.

"탑승객이 할 수 있는 건 가는 층 버튼 누르는 거, 문 열림 닫힘 버튼 누르는 거랑 비상호출밖에 없어요."

"그럼 혹시 사건 일어난 날에 비상호출이나 민원으로 난방 틀어 달라는 요청이 들어온 적은 없습니까?"

경찰이 바로 물었다. 건물 관리인이 고개를 저으며 다시 휴대전화를 들여다보았다.

"여기 보시면…… 없어요. 비상호출이 있었으면 난리가 났을 거예요. 그리고 일반 민원 들어온 내역도 다 여기 이 부분에…… 기록을 해 두거든요."

건물 관리인이 휴대전화를 내밀며 손가락으로 가리켰다. 경찰이 이번에는 사진을 찍었다.

"그런데 난방은 왜 자꾸 물어보시는 거예요?"

건물 관리인이 물었다. 경찰이 대답했다.

"그건 수사 중인 사건이라서 말씀드릴 수가 없습니다."

건물 관리인은 물러나지 않았다.

"시체가 바짝 말라 있었다면서요? 정말이에요?"

경찰은 조금 당황한 것 같았다. 그러나 곧 무표정한 얼굴이 되어 사무적으로 대답했다.

"수사 중인 사건에 대해서는 말씀드릴 수 없습니다."

"벌써 사방에 다 소문났다고요."

건물 관리인이 말하며 휴대전화 화면을 만졌다. 그리고 동영 상을 찾아서 경찰에게 내밀었다.

"이거 보세요. 엘리베이터에서 미라가 발견됐다면서요? 그 래서 자꾸 난방 물어보시는 거 맞죠?"

"말씀드릴 수 없습니다."

경찰관이 건조하게 대답했다. 건물 관리인은 아랑곳없이 불 평을 늘어놓았다.

"난방을 틀지도 않았지만, 틀었다고 해도 그 정도 가지고 시 체를 미라로 만드는 건 어림도 없어요. 그게 난방 때문이었으 면 엘리베이터 타는 사람 다 죽어서 말린 멸치 됐게요?"

"그렇군요."

'말린 멸치'라는 말에 무정형은 자기도 모르게 피식 웃으려 다가 애써 참았다. 경찰은 전혀 동요하지 않았다. 담담하게 건물 관리인의 증언을 기록하고 저장했다. 그리고 경찰이 무정형에게 물었다.

"거주환경을 점검할 때 엘리베이터도 점검하십니까? 혹시 사건 전후 해서 점검한 기록이나 영상 있습니까?"

"엘리베이터는 그냥 있는지 없는지, 있으면 작동하는지 그것만 확인해요."

무정형은 대답을 준비하고 있었다. 건물 관리인처럼 무정형도 업무용 태블릿 컴퓨터를 꺼내 화면을 경찰에게 보여 주었다.

"엘리베이터는 거주 공간이 아니거든요. 그래서 따로 저희가 점검을 하지는 않아요."

경찰은 고개를 끄덕였다. 그래도 어쨌든 무정형이 내민 태블릿 컴퓨터 화면 사진은 찍었다. 경찰의 부탁으로 무정형은 기록한 날짜와 시간이 좀더 잘 보이게 화면을 확대해 주었다.

조사실을 나와서 출구로 가면서 건물 관리인은 한마디도 하지 않았다. 경찰서를 나오자 요는 마치 경찰서 안에서 몇 시간이나 숨을 참고 있었던 듯이 깊이 공기를 들이마셨다.

"괜찮으세요?"

무정형이 물었다.

"아파트까지 같이 가 드릴까요?"

"아니에요. 저 오늘 휴가 냈어요."

요가 고개를 저었다. 그리고 아주 빠른 말투로 내뱉었다.

"그 죽은 애도 미라처럼 말라서 발견된 거 아세요?"

무정형은 몰랐다. 그 집과 아이에 대해서는 알고 싶지 않았다.

요가 휴대전화를 꺼냈다.

"여기 보시라고요. 애는 바짝 말라 있었고 애 엄마는 미쳐서 사마귀가 자기를 잡아먹는다느니 벽 속에서 크랭크가 돌아가서 방이 줄어든다느니 헛소리를 한대요."

무정형은 살그머니 고개를 돌렸다. 건물 관리인의 마음을 모르는 것은 아니었다. 사실은 아주 잘 알았다. 그리고 바로 그렇기 때문에 무정형은 그 화면을 보고 싶지 않았다.

요는 이제 멈출 수 없었다. 휴대전화 화면을 조작하더니 다른 동영상을 열었다.

"엘리베이터 그놈들하고 똑같아요. 여기 보세요. 시체는 바짝 말라서 미라가 됐고 살인자는 정신이 나갔다고 하더라고요."

무정형은 머뭇거리며 고개를 돌렸다. 요가 내민 휴대전화 화면을 곁눈으로 바라보았다.

그것은 정규 언론의 뉴스가 아니라 개인 창작자가 만든 동영상이었다. 그러므로 모든 내용이 정확하다고 신뢰할 수는 없었다.

요가 휴대전화를 다시 주머니에 넣었다.

"아무래도 일 그만둬야 할 것 같아요. 너무 무서워서 거기선 하루도 더 못 있겠어요."

그리고 요는 재빨리 인사하더니 발걸음을 재촉하여 서둘러 사라져 버렸다. 무정형은 혼란과 불안 속에 혼자 남았다.

집에 돌아온 뒤에 무정형은 엘리베이터 살인사건에 대한 뉴스를 찾아보았다. 살인자는 엘리베이터 안에서 '얼굴'을 보았다고 주장하고 있었다. 언론보도는 주로 살인자의 심신미약 주장이 인정받을 것인지에 초점을 맞추었다. 그것이 어떤 '얼굴'인지 무정형은 짐작할 수 있었다. 더 이상 찾아보고 싶지 않았다.

엘리베이터 살인사건을 검색하니 자연스럽게 기술과학의 발전을 지지하는 사람들에 대한 자료가 검색 결과에 같이 나타났다. 여론은 엘리베이터 살인사건의 가해자와 피해자가 기술과학의 발전을 지지하는 사람들의 단체에서 아기를 납치하기 위해 보낸 인물들이라고 완전히 단정지은 것 같았다. 무정형은 '얼굴'에 대해 생각하지 않으려고 검색 결과를 무심히 들여다보기 시작했다.

기술과학의 발전을 지지하는 사람들의 모임은 생겨난 지 얼마 안 된 단체인 것 같은데 활동은 대단히 왕성했다. 동영상 플랫폼에 공개한 영상은 1,000개가 넘었다. 무정형은 가장 최근 영상부터 보기 시작했다. 거의 대부분 인공 정자와 인공 난자를 수정시켜 인공 자궁에서 출생시켰다는 인공 아기에 대한 내용으로, 비슷한 이야기를 되풀이하고 있었다. 이들의 주장을 요약하면 대략 다음과 같았다.

- 기술과학의 발전은 위대하다.

- 인공 정자, 인공 난자, 인공 자궁을 사용하여 여성이 없어도 아이를 만들 수 있다.

- 이제 인류에게 여성은 필요하지 않다.

- 임신과 출산의 의무에서 벗어날 수 있다는 것은 진정한 여성해방이다.

여성의 존재가 필요 없다는 주장과 과학기술로 여성을 해방시킨다는 주장은 어딘지 어긋나는 것처럼 느껴졌는데 어찌 됐든 무정형은 경찰서 앞에서 목격한 매우 평범한 얼굴의 중년 여성이 이 단체에 관련된 인물이라는 사실만은 확인할 수 있었다. 기술과학 발전을 지지하는 사람들의 동영상 채널에서 인공 자궁을 활용한 인공출생 아기가 진정한 여성해방을 가져올 것이라 차분하게 설명하는 사람이 바로 그 여성이었기 때문이다. 화면 아래쪽에는 여성의 이름과 함께 어느 '클리닉'의 원장이라는 자막이 떠 있었다.

무정형은 여성의 이름과 '클리닉'의 이름으로 함께 검색했다. '클리닉'의 웹사이트는 쉽게 찾을 수 있었다. 다만 첫눈에 보기에 어떤 '클리닉'인지 알 수 없었다. 병원인지 아니면 다른 종류의 업체인지도 상당히 불분명했다. 무정형은 메뉴를 이것저것 눌러 보았다. '클리닉'에 부설된 '센터'에 관한 웹페이지에서 아동의 학습능력을 향상시켜 준다는 '프로그램'을 홍보하고 있었다. 정확히 어떤 프로그램인지, 어떤 과정을 거쳐 진행되는지는 설명에 생경한 외래어가 너무 심하게 남발되어 있는데다 전체적으로 설명이 불분명해서 이해하기 어려웠다. 활짝 웃는 아이와 보호자로 추정되는 어른의 커다란 사진 아래 짧고 모호한 설명이 붙어 있고 그 끝에는 '자세한 내용은 상담을 통해 확인하세요'라는 자막과 함께 예약 버튼이 커다랗게 붙어 있었다. 무정형은 예약 버튼을 눌러 보았다. 그러자 웹사이트가 곧바로 '센터'에 전화를 걸려 했는데, 다행히 무정형이 휴대전화가 아니라 노트북 컴퓨터로 검색하고 있었기 때문에 전화는 걸리지 않았다. 무정형은 서둘러 '센터' 웹페이지 창을 닫았다.

다시 '클리닉'으로 돌아가서 이것저것 메뉴를 또 눌러 보다가 무정형은 '똑똑한 내 아이 잘 키우기'라는 페이지를 발견했다. 여기에도 또다시 활짝 웃는 아이들과 보호자로 보이는 어른의 천편일률적인 사진이 커다랗게 몇 장이나 실려 있었다. '센터'와는 달리 그래도 글에 내용이 좀 있었는데, '아이는 부모가 키워야 한다' '부모가 키워야만 아이가 똑똑해진다'는 종류의 주장을 중심으로 무엇을 먹이고 어떻게 교육해야 아이가 똑똑해지는지에 대한 설명이 길게 나열되어 있었다. 무정형은 계속 페이지를 넘겼다. 모호한 설명들이 이어지다가 또다시 '자세한 내용은 상담을 통해 확인하세요'라는 자막과 함께 예약 버튼이 등장했다.

　부모가 키우면 아이가 똑똑해지는가? 무정형은 자신의 어린 시절을 생각했다. 무정형과 동생은 어린 시절의 대부분을 아이들의 집과 아버지의 집을 오가면서 성장했다. 어머니가 사라진 뒤에는 거의 아이들의 집에서 지내며 학교를 졸업했다.
　무정형의 어머니는 군인이었다. 해외에 파병되어 복무하다가 전투 중에 큰 부상을 당해 양쪽 다리를 잃었다. 정부는 무정형의 어머니에게 의족을 제공했다. 통합적 양방향 합성 신경통로를 탑재한 최신형이었다. 의족은 스스로 '생각하고' 움직일 수 있었다. 그리하여 의족은 집 안에서 어머니와 아이들의 모든 정보를 수집하기 시작했다. 어머니는 의족과 싸웠고, 의족으로 인해 정부와 싸우게 되었다. 무정형이 모든 사실을 알게 된 것은 시간이 한참 지난 뒤의 일이었다.
　처음에는 가족 모두 최신형 의족을 신기하게 여겼다. '통합적 양방향 합성 신경통로'를 탑재했다는 것은 우선 기계적인 조작을 따로 하지 않아도 의족이 착용자가 생각한 대로 신체 일부처럼 움직인다는 뜻이었다. 어머니는 아이들 앞에서 한쪽 의족을 떼어 세워 놓고 자신은 뒤돌아 앉거나 방문 밖에 나가서 생각만으로 의족의 무릎을 굽혔다 폈다 하거나 발가락을 꼼지락거리는 시범을 보였다. 무정형은 그게 굉장히 무서웠다. 반대로 동생은 재미있어 했다. 우선 어머니가 방 밖으로 나가 복도에 앉아서 한쪽 의족을 떼어 동생에게 주었다. 그러면 동생은 기대감에 차서 신나게 의족을 받아 방 안으로 달려와 반대쪽 구석에 의족을 세워 놓았다. 그리고 동생은 문밖에 앉은 어머니와 방 안 반대쪽 구석에 선 채 혼자서 무릎을 굽혔다 펴거나 발가락을 꿈틀거리는 의족을 신기하게 바라보며 탄성을 질렀다.

무정형에게는 너무 충격적인 장면이었다. 어렸을 때였지만 그 기억은 생생했다.

가장 무서웠던 순간은 무정형이 밤중에 자다 깨서 엄마 방에 갔을 때였다. 무정형은 뭔가 계속 쿵쿵 울리는 듯한 소리와 희미한 진동에 시달리다 잠에서 깼다. 이상한 소리가 난다는 말을 하려고 무정형은 엄마에게 갔다. 방문을 열어 보니 엄마는 침대에서 잠들어 있는데 의족이 쿵쿵 소리를 내며 방 안을 걸어 다니고 있었다. 의족은 무정형의 옆을 지나 열린 문 밖으로 쿵쿵 걸어 나갔다. 무정형은 놀라서 의족을 따라 나갔다. 의족은 복도에서 몇 걸음 걷더니 한쪽 다리의 발목이 꺾이며 쓰러졌다. 그러자 다른 쪽 다리가 그 옆에 멈추어 섰다.

방 안에서 엄마가 비명을 질렀다. 무정형은 엄마 방으로 달려갔다.

엄마는 꿈을 꾸는지 알아들을 수 없는 말을 가느다랗게 중얼거리며 무정형이 아무리 불러도 깨지 않았다. 엄마의 몸은 뜨거웠고 얼굴은 땀에 흠뻑 젖어 있었다. 무정형은 엄마가 죽는다고 생각했다. 무정형은 그때 어렸고 어두운 밤중에 혼자 복도를 걷는 의족도 잠에서 깨지 않는 엄마도, 모든 것이 다 무서웠다.

엄마가 눈을 떴다. 엄마는 어둠 속에서 멍한 표정으로 잠시 무정형을 바라보았다. 그리고 엄마는 침대 옆 탁자 위에 놓인 전등을 켰다. 하얗고 환한 불빛 속에서 엄마는 무정형의 눈물 젖은 얼굴, 공포에 질린 눈을 보고 서둘러 몸을 일으켰다.

"왜 그래? 무슨 일 있어? 다쳤어?"

엄마는 무심결에 황급히 일어서려 했다. 엄마의 다리는 허벅지 중간에서 절단되었고 의족은 복도에 있었다. 엄마는 침대에서 미끄러져 떨어졌다. 그리고 쓰러지면서 반쯤 열려 있던 침실 문에 이마를 부딪쳤다. 무정형은 비명을 질렀다.

엄마는 침실 바닥에 엎드린 채 한동안 움직이지 않았다. 무정형은 엄마를 일으키려 했다. 마침내 엄마가 고개를 들었을 때 얼굴에는 피가 흘러내리고 있었다. 무정형은 울부짖기 시작했다.

"괜찮아, 괜찮아."

엄마가 달랬다. 그러면서 엄마는 이마를 손으로 만져 보았다. 엄마의 손에 피가 묻어 빨갛게 젖었다.

"피가 꽤 나네."

엄마가 중얼거렸다.

문밖에서 다시 쿵쿵, 소리가 들렸다. 엄마의 의족이 저절로 걸어서 침실로 들어왔다. 무정형은 그 의족이 무서워서 다시 울기 시작했다. 울면서 무정형은 자신이 왜 침실로 왔으며 엄마와 엄마의 의족이 어떤 상태였는지 설명하려 애썼다.

"그래, 괜찮아."

엄마가 달래려 했다. 그러나 엄마의 이마에서는 피가 그치지 않았고 이제 핏줄기가 바닥으로 뚝뚝 떨어지기 시작했다. 엄마는 방으로 걸어 들어온 의족을 하나씩 착용했다.

문을 열자 복도에 무정형의 동생이 서 있었다. 잠이 덜 깬 채로 복도에 서 있던 동생은 엄마가 얼굴에 피를 흘리는 모습을 보자 겁에 질렸다. 그리고 악을 쓰며 울기 시작했다.

그날 엄마는 울부짖는 어린아이 둘을 데리고 병원 응급실에 가서 문에 부딪쳐 찢어진 이마를 한 바늘 꿰매는 치료를 받았다. 아버지가 달려와 무정형과 동생을 달래며 대기실에서 엄마의 치료가 끝날 때까지 기다렸다. 엄마가 치료를 받고 응급실에서 나온 뒤 아버지가 무정형과 동생을 어머니와 함께 집에 데려다주려 했지만 무정형이 거부했다. 그래서 무정형은 그날 밤 아이들의 집에서 잤다. 동생은 엄마와 함께 집으로 돌아갔다. 다음 날 무정형은 자신을 데리러 온 엄마의 이마에 붙인 반창고를 보고 어젯밤의 일을 모두 떠올리고 미안해서 울기 시작했다. 엄마를 따라온 동생도 함께 울었다. 그래서 무정형은 양육선생님과 아동심리상담사와 함께 다시 아이들의 집에서 하루를 더 보냈다.

무정형이 엄마의 의족에 익숙해지기까지는 시간이 많이 걸렸다.

무정형이 엄마의 의족을 더 이상 겁내지 않게 되었을 때쯤, 이번에는 엄마가 의족을 불안하게 여기기 시작했다.

이동보조도구를 사용하는 거주자의 집에 가서 환경 조사를 할 때면 무정형은 가끔 엄마를 생각했다. 엄마의 집은 의족을 사용하는 사람을 받아들일 준비가 전혀 되어 있지 않았다. 아직 어렸던 무정형과 동생은 물론이고 사용자인 엄마 자신도 양방향 합성 신경통로가 무슨 뜻인지 이해하지 못했다.

뇌는 신경을 통해 몸의 여러 근육에 전기 신호를 보내 신체 부위의 움직임을 통제한다. 합성 신경통로를 탑재한 의수족은 원래 몸에 있던 근육이 하듯이 뇌가 신경을 통해 흘려 보내는 전기 신호를 포착하여 해석하고 반응하도록 설계된 것이다. 그런데 뇌가 보내는 전기 신호는 아주 미세하다. 그러므로 뇌에서 보낸 신호를 끊어진 신경 끝에서 증폭시켜야만 연결된 기계가 포착해서 반응할 만큼의 전기자극으로 만들 수 있다. 얼마나 적절히 섬세하게 증폭시키느냐가 관건이다. 증폭기의 민감도에 따라 착용자의 의수족 사용 경험이 완전히 달라진다.

쌍방향 신경통로란 여기서 한 걸음 더 나아가 의수족이 인공 손이나 발에서 뇌로 전기 신호를 보내는 기능도 함께 탑재했다는 뜻이다. 다시 말해 의수족 착용자가 인공 팔이나 인공 다리를 통해 감촉과 온도 등을 느낄 수 있다. 사람의 본래 팔이나 다리와 최대한 가까운 기능을 구현하는 것이다.

엄마는 의족을 착용하고 다시 땅을 밟는 감촉을 느낄 수 있게 된 것을 신기해했다. 여름 해변의 따뜻한 모래, 단단하고 차가운 마룻바닥, 부드러운 깔개의 감촉을 의족의 인공 발가락과 인조 발바닥으로도 완벽하지는 않지만 그래도 어느 정도는 느낄 수 있다고 엄마는 놀라워했다.

어느 날 엄마는 부엌에서 전자레인지에 음식을 넣고 데워지는 동안 전자레인지를 바라보며 가만히 서 있었다. 그러다 엄마는 갑자기 확 돌아섰다. 엄마가 돌아서야겠다고 생각한 게 아니라 의족이 저절로 움직여 엄마의 몸을 돌려세운 것이다. 그리고 곧 부엌으로 동생이 뛰어 들어왔다.

"엄마!"

동생은 이렇게 외치며 똑바로 엄마를 향해 달려가 품에 폭 안겼다.

"의족이 아마 네 동생이 오는 걸 알고 있었나 봐."

이 이야기를 할 때면 엄마는 언제나 이렇게 끝을 맺었다. 무정형이 의족을 무서워할 때마다 엄마는 이 이야기를 들려주며 무정형을 안심시키려 했다.

의족은 실제로 동생이 오는 것을 알고 있었다. 의족이 엄마는 물론 무정형과 동생의 생체 정보까지 수집하고 있다는 사실을 그때는 아무도 의심하지 않았다. 무정형과 동생이 집 안에서 마룻바닥을 걸을 때의 리듬과 진동은 의족에 전달되었고 의족은 그 정보를 기록하여 제조사로 전송했다. 무정형의 어머니가 정부와 제조사를 상대로 싸움에 나선 이유가 바로 이것이었다. 가족의 생체 정보를 제조사에 전달하는 데 동의한 적이 없기 때문이다. 게다가 비밀번호와는 달리 생체 정보는 유출되었을 경우 바꿀 수가 없다. 무정형과 동생은 어렸기 때문에 성장하면서 변화하는 신체의 정보가 그대로 수집되어 제조사에 전달될 것이었다. 무정형의 어머니도, 무정형과 동생도 이런 사실을 오랫동안 알지 못했다.

무정형의 어머니는 의족이 가끔 제멋대로 움직이는 것을 느끼곤 했다. 길을 걸을 때 보도블록이 울퉁불퉁한 곳을 밟았다가 걸음이 불안정해져서 피해 가려 하는데 의족이 오히려 길이 고르지 않은 쪽으로 움직일 때가 있었다. 딱딱한 바닥을 걷다가 깔개 위를 지나가거나 건물 외부 땅바닥을 걷다가 내부의

반들반들한 마감재 위로 걸어 들어가 재질이 완전히 다른 곳을 밟게 되면 의족이 목적지를 무시하고 혼자서 두 가지 표면 위를 왔다 갔다 하며 사용자인 무정형의 어머니를 끌고 다닐 때도 있었다. 무정형의 어머니는 의족이 고장 났다고 여기고 수리를 요청했다. 제조사 직원이 집으로 찾아와 의족의 설정을 바꾸거나 내부를 열고 회로를 재배치했다. 그러면 의족은 얼마 동안 만족스럽게 기능했다. 그러나 시간이 지나면 다시 제멋대로 움직이곤 했다. 의족은 언제나 특이한 감촉, 새로운 진동이 느껴지는 경로로 가고 싶어했던 것이다.

무정형의 어머니는 횡단보도를 건너고 있었다. 차로에 아스팔트를 새로 깐 구간 위에 횡단보도를 다시 칠해서 두껍고 선명한 페인트가 반짝거리는 곳이었다. 횡단보도를 건너서 무정형의 어머니는 보도블럭 위로 올라섰다. 의족이 방향을 돌려 무정형의 어머니를 다시 횡단보도로 끌고 갔다. 그리고 무정형의 어머니는 새로 아스팔트가 깔린 차로 위를 걷기 시작했다. 녹색 보행자 신호가 깜빡거리다가 빨간색으로 바뀌었다. 자동차들이 차로를 걸어 자동차들 사이로 발을 끌며 느릿느릿 들어오는 무정형의 어머니를 향해 경적을 울렸다.

무정형의 어머니는 당황했다. 몸을 돌려 보도로 다시 올라가려 했지만 글자 그대로 다리가 말을 듣지 않았다. 의족은 달려오는 차들을 향해 천천히 느긋하게 걸어갔다. 무정형의 어머니는 휴대전화를 꺼내 경찰에 스스로 신고했다. 경찰차가 달려와 길을 막아 의족이 더 이상 갈 곳이 없어진 뒤에도 다리는 혼자서 제자리걸음을 계속했다. 무정형의 어머니는 경찰이 보는 앞에서 땅바닥에 주저앉아 의족을 떼어 던져 버렸다. 무정형의 어머니가 참전 용사이며 상이군인이라는 것을 알고 경찰이 어머니를 집까지 태워 주었다.

집에 돌아와서 무정형의 어머니는 '의족 고장'을 검색했다. '저절로 걷는 의족' '저절로 움직이는 전자의족'을 거쳐 어머니는 마침내 연관 검색어로 '인공수족 합성 신경통로'를 찾아냈다. 자신처럼 합성 신경통로를 탑재한 의족을 사용하는 사람들을 찾아냈다. 거기에서 무정형의 어머니는 의족이 자신의 생체 정보를 염탐하고 있을 가능성에 대해 처음으로 의식하게 되었다.

- 정부가 나의 모든 움직임을 감시하고 있다!

그것은 대단히 고전적인 음모론이었다. 그리고 이제는 기술적으로도 가능했다. 다만 정부의 음모라면 무정형의 어머니는 그 이유를 알 수 없었다. 무정형의 어머니는 군대에서 대단한 보직에 있지도 않았고 엄청나게 계급이 높았던 것도 아니었다. 그나마 다리를 다친 뒤에는 귀국하고 퇴역해서 상이군인 연금을 받으며 아이들을 돌보고 살림에 보태기 위해 근처 가게에서 일주일에 세 번씩 청소를 하는 것이 삶의 전부였다. 자신을 감시해서 정부가 얻을 게 아무 것도 없다고 무정형의 어머니는 음모론을 일축했다. 그리고 일단 화면을 닫고 온라인 바깥의 실제 생활에 집중하기로 했다. 아이들을 먹이고 입히고 씻겨야 했고 세탁기도 청소기도 저절로 돌아가지 않았으며 그밖에도 할 일은 언제나 쌓여 있었다.

며칠 뒤에 다시 커뮤니티에 접속해서 무정형의 어머니는 좀더 설득력 있는 주장을 보게 되었다.

- 정부가 아니라 제조사다. 제조사는 언제나 사용자 데이터가 필요하다.

- 로봇 청소기가 처음 유행했을 때 청소기가 사용자의 집 안 사진을 찍어 제조사로 보내 개인정보 유출 문제가 터진 적이 있다.

무정형의 어머니는 '로봇 청소기 개인정보 유출'을 검색했다. 이미 오래전에, 그것도 여러 번 일어났던 유명한 사건이었다. 로봇 청소기 제조사는 집 안의 여러 부분들, '부엌' '침실' '화장실' 등을 로봇 청소기가 구분할 수 있게 하기 위해서 인공지능 소프트웨어를 훈련시킬 데이터를 수집하고 있었다. 로봇 청소기는 이런 집 안 여러 부분의 모습을 사진으로 찍어 수집해서 본사에 전송했다. 그 과정에서 화장실에서 변기에 앉아 있는 사람이라든가 바닥에 누워 있는 아기의 얼굴이 그대로 본사에 전해졌다. 본사는 인공지능 소프트웨어를 훈련시키는 업무를 하청업체에 맡겼다. 하청업체는 저임금으로 고용된 비정규직 노동자들에게 이런 사진이 든 데이터베이스를 통째로 나눠 주고 분류해서 태그를 붙이는 일을 시켰다. 여러 나라의 저임금 하청 노동자들에게 로봇 청소기를 사용하는 사람의 집 안 모습, 가족의 얼굴, 사적인 장면들이 무방비로 노출되었다.

여러 회사에서 일어났던 일이라 제조사마다 대응 방식도 달랐다. 사용자에게 사과하고 민감한 개인정보가 포함된 사진을 삭제한 회사도 있었다. '우리 회사 제품은 그렇지 않다'고 잡아떼며 아무 일 없었다는 듯 로봇 청소기를 계속 판매하는 회사도 있었다. 소프트웨어를 '업데이트'하고 '개인보호 기능을 강화'했다는 애매모호한 주장을 끼워 넣어 더 열심히 로봇 청소기를 광고하는 회사들이 가장 많았다.

인공지능을 탑재한 여러 가지 가전제품의 제조사가 제품 개선을 위해 사용자 정보를 무단으로 수집한다는 의혹은 이전부터 있었다. 이 사건으로 인해 의혹은, 다시 한번, 사실로 판명되었다.

– 의수족 사용자는 로봇 청소기 사용자보다 훨씬 적다. 제조회사가 할 수 있는 수단을 다 동원해서 데이터를 끌어 모으려 하는 게 당연하다.

그것은 설득력 있는 가설이었다.

그렇기 때문에 무정형의 어머니는 불안해졌다.

무정형은 어느 날부터인가 어머니가 의족을 사용하지 않았던 것을 기억했다. 어머니는 의족을 제조사에 반납하고 새로운 의족을 받기를 거부했다.

집 안에서 어머니는 양팔로 몸을 끌거나 끊어진 다리를 움직여 힘을 쓰면 이동을 할 수 있었다. 그러나 의족을 버린 어머니에게 집 안 모든 것이 다 너무 높았다. 화장실 세면대에는 손이 닿았지만 얼굴을 씻을 수 없었다. 변기를 사용하려면 안간힘을 써서 오르내려야 했다. 부엌 싱크대를 사용하려면 양손으로 매달리다시피 팔을 뻗고 손가락을 한껏 뻗어 손가락 끝에 살짝 닿는 수전을 어떻게든 돌려서 물을 틀고 그릇을 보지도 못하는 채로 간신히 씻어야 했다. 수전을 돌릴 수가 없어서 찬물이나 뜨거운 물이 쏟아져 쭉 뻗은 어머니의 팔을 타고 흘러서 설거지 한번 하려다가 어머니는 흠뻑 젖고 부엌 바닥까지 물바다가 되곤 했다. 조리대에서 식재료를 썰거나 무치거나 가스레인지를 사용하여 음식을 요리하는 것은 바닥에 앉은 상태인 어머니에게는 불가능했다. 어머니는 어린이용 발받침대와 가정용 사다리를 주문했다. 발 받침대와 사다리를 끌고 다니면서 어머니는 집 안에서 할 수 있는 한 움직이고 생활을 유지하려 애썼다.

어머니는 점점 집 밖에 나가지 않게 되었다.

보훈부에서 공무원이 와서 어머니와 길게 상담을 했다. 어머니는 모든 종류의 의족을 거부했다. 공무원이 고개를 흔들었다. 대안을 제시했다. 어머니를 설득했다. 집에 전동 휠체어가

배송되었다.

무정형은 안심했다. 어머니는 전동 휠체어를 몇 번 타 본 뒤에 거실에 방치해 두었다. 무정형의 동생이 전동 휠체어를 타고 놀았다. 어머니는 무정형의 동생이 휠체어를 조종하는 모습을 보고 창백해졌다.

"당장 내려와."

어머니가 동생에게 말했다.

"그런 거 타면 안 돼."

동생은 어머니의 굳은 표정과 떨리는 입술을 보고 겁에 질려 전동 휠체어에서 내려왔다. 어머니는 무서워하며 쭈뼛거리는 동생을 안고 달래 주었다. 전동 휠체어는 다음 날 집에서 사라졌다.

"기계를 믿으면 안 돼."

어머니가 이렇게 말하기 시작한 것이 언제부터였는지 무정형은 정확히 기억하지 못한다. 어머니는 무정형과 동생이 학교에 가지고 다니는 태블릿 컴퓨터를 의심에 찬 눈으로 바라보았다. 무정형과 동생이 집에서 숙제를 하거나 태블릿 컴퓨터로 그저 게임을 하거나 친구들과 대화를 하고 있으면 어머니는 그 모습을 불안하게 바라보았다.

무정형은 의족을 하지 않은 어머니보다 훨씬 컸다. 동생은 의족을 하지 않았을 때의 어머니와 키가 비슷했지만 계속 자라고 있었다. 무정형의 어머니는 비장애인 양육자들이 하듯이 아이들의 머리 위로 태블릿 컴퓨터 화면을 내려다보며 감시할 수가 없었다.

어머니는 무정형과 동생이 사용하는 전자기기를 빼앗으려 했다. 무정형과 동생은 어머니가 장난을 친다고 생각했다. 그래서 장난스럽게 태블릿 컴퓨터를 도로 뺏어 오려고 웃으며 어머니에게 달려들었다. 어머니는 태블릿 컴퓨터를 바닥에 내동댕이쳤다. 주먹으로 때리고 바닥에 내려쳐 망가뜨렸다. 무정형과 동생은 겁에 질려 얼어붙은 채로 부서지는 태블릿 컴퓨터와 공격하는 어머니를 바라보았다.

"이런 걸 쓰면 안 돼."

태블릿 컴퓨터를 완전히 부순 뒤에 어머니는 이렇게만 말했다. 다음 날 학교에 가서 무정형은 어머니가 태블릿 컴퓨터를 부수었기 때문에 숙제를 다 마치지 못했다고 담임선생님에게 말했다.

그날 방과 후에 담임선생님이 집에 찾아왔다. 어머니는 담임선생님을 아무렇지 않게 맞이했다. 부서진 태블릿 컴퓨터와 바닥에 흩어져 있던 부품 잔해는 무정형이 학교에, 동생이 유치원에 간 사이에 어머니가 벌써 치워 버렸다. 어머니는 담임선생님에게 아이들이 전자기기를 사용해서는 안 된다고 길게 설명했다.

다음 날 담임선생님이 다시 찾아왔다. 양육선생님과 사회복지사도 함께 왔다. 사회복지사가 휴대전화를 꺼내며 어머니에게 물었다.

"상담 내용을 녹음해도 될까요?"

어머니는 대답 대신 사회복지사의 휴대전화를 낚아챘다. 그리고 무정형의 담임선생님과 양육선생님과 사회복지사가 지켜보는 앞에서 사회복지사의 휴대전화를 바닥에 내려치기 시작했다.

사회복지사는 전혀 당황하지 않았다. 어머니가 휴대전화를 바닥에 내려찍다가 지쳐서 잠시 멈추었을 때 사회복지사가 조용히 물었다.

"지금 그 휴대전화는 왜 망가뜨리시는 건가요?"

"기업들이 사용자 개인정보를 무단으로 수집하니까요."

어머니가 숨을 몰아쉬며 대답했다.

"이런 전화기로 선생님과 저의 뇌파를 수집한다고요."

"수집해서 어떻게 하는데요?"

사회복지사가 물었다.

"인공지능 개발에 써요."

무정형의 어머니가 속삭이는 목소리로 대답했다. 사회복지사가 차분하게 물었다.

"어떻게 개발하는지 혹시 좀 더 설명해 주시겠어요?"

무정형의 어머니는 눈을 감았다. 생각을 가다듬은 뒤에 말했다.

"제가 미쳤다고 생각하시는 거 알아요. 하지만 이건 제가 직접 겪은 일이에요. 기계가 사람의 뇌파를 수집해서 사람하고 똑같은, 사람보다 더 사람 같은 뇌파를 내보내는 인공지능을 만들고 있어요. 그렇게 해서 세상의 모든 스마트기기를 조종하려는 거예요. 그러면 팔다리가 말을 듣지 않고 내가 내 머리로 생각도 할 수 없어요. 길에서는 차가 인공지능이 조종하는 대로 멋대로 달리다가 사람을 죽일 거예요."

말하다가 어머니는 울기 시작했다.

"그러면 아이들이 위험해져요. 기계가 아이들의 생각을 읽고 아이들을 조종하고 아이들을 죽일 거예요……."

사회복지사가 어머니를 달랬다. 양육선생님이 무정형과 무정형의 동생을 아이들의 집으로 데려갔다.

무정형은 시간이 오래 흐른 뒤, 어른이 된 뒤에 어머니를 다시 만났다.

어머니는 여전히 자기만의 싸움을 하고 있었다. 안경의 렌즈 속에, 시계의 숫자판 아래, 거울의 유리 뒤에, 사람의 정보를 수집하고 훔쳐서 더 많은 이익을 위해 어딘가의 서버로 전송하는 기계가 숨어 있지 않은 세상을 만들어야 한다고, 무정형의 어머니는 말했다.

"어머니는 잘 계셔."

무정형이 전화하면 동생은 이렇게만 말했다. 동생은 의료인이었고, 어머니를 돌보기 위해 의료인이 되었고, 어머니의 아들이고 자신의 동생이었다. 그래서 무정형은 동생을 믿었다.

무정형은 아주 가끔, 동생이 괜찮다고 하는 날이면 찾아가서 어머니를 만났다. 어머니는 무정형을 더듬어 만져 보았다. 주머니를 뒤져 휴대전화나 다른 전자기기가 들어 있는지 확인했다. 무정형은 이미 알고 있었기 때문에 병원 접수처에 휴대전화를 맡겨 놓고 들어왔다. 전자기기가 없고 눈앞에 있는 모습이 투사된 영상이 아니라 진짜 사람이라는 사실을 확인하고 나면 어머니는 그제야 기뻐했다. 그러나 무정형이 말을 하려 하면 손을 들어 막았다.

- 목소리 3초 따면 인공지능이 너처럼 말할 수 있어.

어머니는 종이와 연필을 가져와서 이렇게 썼다.

- 기계를 믿으면 안 돼.

무정형의 어머니는 말했다.

- 뇌파를 빼앗겨서는 안 돼. 생체 정보는 바꿀 수 없어.

그것이 어머니가 자신을 사랑한다는 말의 다른 표현이라는 것을 무정형은 알고 있었다.

- 넌 나처럼 되면 안 돼.

어머니는 몇 번이나 이렇게 썼다.

그래서 무정형은 슬펐다.

그 집의 싱크대 아래에서 수도관을 핥는 얼굴을 본 날 무정형은 동생에게 전화했다. 아무 맥락 없이 이렇게만 물었다.

"나도 엄마처럼 되면 어떡하지?"

무정형의 동생은 잠시 침묵했다가 무뚝뚝하게 대답했다.

"엄마의 증상은 유전하지 않아."

"확실해?"

무정형이 되물었다. 동생이 건조하게 말했다.

"불안하면 검사 받아 봐."

무정형은 망설였다. 동생이 짧게 덧붙였다.

"나도 가끔 검사 받고 있어."

그 말은 무정형에게 작은 위로가 되었다.

무정형은 아이를 똑똑하게 잘 키우는 법을 알려 준다는 웹페이지를 아래로 끝까지 내려 보았다. 웹사이트를 닫을 생각이었지만, 혹시 예약 버튼 아래 뭔가 또 있을까 하는 마음에 마지막으로 확인해 본 것이었다.

페이지 가장 아래쪽에는 여러 가지 다른 단체들의 로고가 쭉 늘어서 있었다. 로고들만 보면 '클리닉'은 상당히 큰 조직에서 운영하는 듯 보였다. 무정형은 그중에서 '어린 사람들의 행복을 지지하는 모임'이라는 기다란 로고를 눌러 보았다. 단순히 가장 길었기 때문에 단연 눈에 띄어서 누른 것이었다.

또다시 활짝 웃는 아이들이 비현실적으로 맑은 하늘 아래 잔디가 깔린 놀이터에서 노는 사진이 화면을 차지했다. 무정형은 이 비슷비슷한 사진들이 실제 존재하는 아이들을 촬영한 사진인지 아니면 인공지능이나 시각효과 프로그램이 만들어 낸 합성인지 점점 더 의심스러워졌다. 단체 연혁이나 조직도, 활동 내용 등 메뉴가 여러 가지 있었지만 무엇을 누르든 웹페이지를 찾을 수 없다는 오류메시지가 떴다. 몇 번 하얗게 빈 화면을 마주했다가 무정형은 '아동인권'이라는 메뉴를 눌러 보았다. 이번에는 메뉴가 작동했다. 화면은 동영상 플랫폼으로 연결되었다.

- 아이들의 집은 위험한 곳입니다.

동영상 속에서 여성의 나지막한 목소리가 진지한 어조로 이렇게 말했다. 동시에 화면에 한 건물의 사진이 떠올랐다.

- 아이들만 있는 집에서, 어린 사람들은 방임과 학대 속에 방치됩니다.

누군지 모를 여성의 목소리가 심각한 어조로 이렇게 말했다. 화면에 다른 사진이 떠올랐다. 처음에 동영상에 나왔던 것과 같은 건물이었다. 다만 두 번째 사진에서는 약간 다른 방향에서 찍었고 건물 바깥에 아이들이 서 있었다.

- 부모에게 버려진 아이들은 사랑에 굶주립니다.

여성의 목소리가 말했다. 다시 화면이 바뀌었다. 이번에는 어른이 아이의 손을 잡고 어디론가 가는 장면이었다. 아이는 네다섯 살 정도 되어 보였고 어른의 발걸음을 따라잡으려 종종걸음으로 걸으며 울고 있었다. 카메라가 아이의 표정에 집중했기 때문에 어른은 손과 바지 일부만 보였고 얼굴이 보이지 않았다.

- 아이들은 새로운 부모와 새로운 가정을 기다리고 있습니다.

동영상 속 정체 모를 여성 목소리가 말했다. 이어서 화면에 환하게 웃으며 누군가의 품에 안기는 어린 아기의 모습이 떠올랐다. 아까 보았던 네다섯 살 된 아이보다 훨씬 어렸다.

- 부모와 아이가 이루는 진정한 가정, 이것이 사랑의 진짜 모습입니다.

동영상 속 여성 목소리가 상냥한 어조로 이렇게 말했다. 이어서 아이가 한쪽에는 성인 남성, 한쪽에는 성인 여성의 손을 잡고 웃으며 걷는 장면이 화면에 떠올랐다. 이어서 화면이 페이드 아웃하며 자막이 나타났다. '입양이 진정한 사랑입니다. 입양 전문 기관에 문의하세요.' 그리고 전화번호와 이메일 등 연락처가 나타나기 시작했다.

무정형은 전화번호가 전부 화면에 깔리기 전에 동영상을 앞으로 다시 돌렸다. 여성의 목소리가 선언했다.

- 아이들만 있는 집에서, 어린 사람들은 방임과 학대 속에 방치됩니다.

무정형은 동영상을 일시 중지시켰다. 화면을 들여다보았다. 스크린 숏을 찍었다. 확대해서 꼼꼼히 들여다보았다. 동영상을 가장 처음으로 돌렸다. 건물을 다른 각도에서 찍은 사진이 나왔을 때 다시 동영상을 중지시키고 스크린 숏을 찍었다. 또 들여다보았다.

"아이들의 집이 아니잖아."

무정형이 화면을 향해 중얼거렸다.

'어린 사람들의 행복을 지지하는 모임'이 동영상에 띄운 사진 속 건물은 무정형이 처음 집 조사관이 되었을 때 선배들이 데려갔던 아이들의 감옥이었다.

"뭐 하는 사람들이야?"

무정형은 화면을 들여다보며 얼굴을 찡그렸다.

주소를 검색하려다 무정형은 오래전에 단 한 번 가 보았던 무너져 가는 건물의 주소를 알지 못한다는 사실을 깨달았다. 무정형은 이름이 매우 긴 '모임' 웹사이트로 돌아가서 다시 이런저런 메뉴를 눌러 보았다. 주소 정보는 없었다.

란 선배나 유 선배에게 물어보면 알 것이다. 무정형은 전화를 걸기 시작했다.

9. 전기

여자는 아이에게 전기충격을 주었다고 했다.

영국 옥스퍼드 대학교가 2013년도에 발표한 연구 결과에 따르면 피실험자들의 뇌에 가벼운 전기자극을 주었을 때 3~6개월 정도 단기적으로 피실험자들의 수학 실력이 향상되는 결과가 관측되었다고 한다. 다른 곳도 아닌 세계적으로 유명한 대학교가 공신력 있는 과학 학술지에도 발표한 연구 결과이므로 이 연구를 바탕으로 하여 사람들, 특히 학교에 다니는 아동들의 뇌에 전기자극을 가하여 성적 향상을 도모하려는 시도가 뒤따를 것이라 충분히 예측할 수 있었다.

놀랍게도 그러한 시도는 상업적으로 성공하지 않았다. 여기에는 여러 가지 이유가 있겠지만 아마도 아동의 집중력을 높여 준다거나 학습 능력을 향상시켜 준다고 주장했던 여러 가지 유사과학적인 기계들이 이미 수없이 시장을 휩쓸고 나타났다 사라진 역사가 있기 때문일 것이다. 이제 학교 다니는 아이를 키우는 부모들도 어렸을 때 부모가 권유해서 그런 기기를 사용해 보았기 때문에 비싸기만 하고 두통이나 어지럼증 등의 부작용을 일으키는 것 외에 별 쓸모가 없다는 사실을 경험으로 알고 있는 것이다.

무엇보다도 인간의 뇌에 전기자극을 준다는 행위가 성공했을 때 거둘 수 있는 단기적인 효과보다 실패했을 때 돌아올 잠재적인 위험이 너무 커서 보건부에서 승인하지 않았다는 사실이 결정적인 사업 방해 요인이 되었을 것이다.

그럼에도 불구하고 이 오래된 연구 결과를 바탕으로 사람의 뇌에 전기자극을 주는 기계를 개발했다고 주장하는 회사가 있었다. 그리고 이 기계를 설치해 두고 환자들의 뇌에 주기적으로 전기자극을 주어 수학적 사고력을 향상시키는 프로그램을 개발했다고 주장하는 자칭 '클리닉'이 있었다. 여자는 이 '클리닉' 원장의 권유에 따라 아이를 '뇌수학 기능향상 프로그램'에 등록했다고 진술했다.

아이가 학교를 쉴 수 있도록 진단서를 써 준 장본인이 바로 그 클리닉 원장이었다. 그래서 경찰은 이 원장도 조사하고 있었다. 아이가 클리닉에서 전기충격을 받던 중에 사망했는지 아니면 귀가한 후에 사망했는지 정확한 시점은 아직 밝혀지지 않았다. 문제의 클리닉에 있는 방범용 카메라는 아이의 사망 날짜를 전후로 한 기간의 녹화 영상이 모두 삭제되었다. 경찰은 해당 건물과 엘리베이터, 그리고 클리닉과 같은 층에 있는 다른 영업장들의 감시 카메라 영상을 확보하여 분석하는 중이었다.

이 클리닉이 홍보하는 '뇌수학 기능향상 프로그램'의 등록비는 결코 적은 금액이 아니었다. 그에 비해 아이의 수학 실력은 클리닉에서 약속한 만큼 빠른 시간 안에 눈에 띄게 향상되지 않았다. 여자는 아이의 담임선생님에게 상담했다. 담임선생님은 아이가 친구들과 잘 지내고 수업 시간에도 흥미를 가지고 모둠 활동이나 과제도 열심히 하고 있으니 걱정할 것 없다고 여자를 안심시켰다. 여자는 담임선생님이 아이에게 관심이 없으며 학부모와의 상담에 성의 없이 임한다고 판단하고 학교에 민원을 넣었다.

그리고 물론 여자는 클리닉 원장을 닦달했다. 원장은 전기자극의 강도를 높이고 짧은 기간 안에 더 여러 번 자극을 가할 것을 제안했다. 추가 비용은 받지 않겠다고 했다.

그래서 여자는 아이를 계속 클리닉에 데려가 전기충격을 주었다. 여자가 기대한 만큼 빠르고 명백하게 아이의 수학 실력이 늘지도, 판단력이 우월해지지도 않았기 때문에 여자는 아이를 더 자주 클리닉에 데려가 점점 더 강하게 전기충격을 주었다.

어째서 아이의 성적 향상을 위해 그토록 극단적인 방법까지 선택했는가? 실제로 아이는 성적이 나쁜 편도, 학교생활에서 뒤처지는 쪽도 아니었다.

"똑똑하지 않으면 살아남을 수 없어요."

여자가 몹시 불안한 표정으로 대답했다.

"걔가 살아갈 세상에선 앞으로 더 똑똑하고 뭐든지 더 잘하는 아이들이 치고 들어올 거라고요. 어물어물하면 늦어요. 한 시라도 빨리 따라잡아야 한다고요."

"하지만 그러다 아이가 죽지 않았습니까?"

다른 기자가 물었다.

"똑똑한 게 그렇게 중요합니까? 아이의 생명과 맞바꿀 정도로요?"

이 질문에 여자는 갑자기 목소리를 높였다.

"그 애는 죽은 게 아니에요. 죽은 척하는 거예요."

여자가 분개하며 외쳤다.

"애가 어디서 못된 것만 배워 와서 제 엄마 골려 먹으려고 죽은 척하는 거라고요! 물을 주니까 일어났단 말이에요! 일어나서 나한테 덤벼들었다고요! 제 엄마한테!"

여자는 경찰에 이끌려 교도행정부 호송차에 올라타고 차 문이 닫힐 때까지 힘껏 목청을 높여 기자들에게 외쳤다.

"죽긴 누가 죽어요! 죽은 척하는 거라고요!"

방송사들은 저마다 이 장면을 아주 조금씩만 다르게 편집해서 계속 보도했다. 그래서 무정형은 여자가 소리치는 모습을 며칠이나 계속 보아야만 했다. 언론에서도, 인터넷 커뮤니티나 각종 게시판에서도, 시사교양 프로그램에서도 여자가 정말로 현실인식 능력을 완전히 잃은 것인지, 심신미약을 주장하여 형을 감경받기 위한 술수인지, 아니면 뭔가 다른 이유가 있는 것인지 여러 가지 추측과 의견들이 난무했다. 여자에게 마약을 팔았다고 주장하는 사람이 어느 인터넷 게시판에 등장하여 조회수를 올리다 경찰에 체포되었다. 수사 결과 이 주장은 거짓말로 판명되었다. 여자가 죽인 아이가 납치한 남의 아이였다든가, 여자가 귀신이 들린 상태였다든가, 아니다, 죽은 아이가 귀신이 들린 상태였다든가, 터무니없는 가설들이 인터넷 게시판을 들썩이게 했다. '귀신'이라는 단어를 볼 때마다 무정형은 싱크대 아래에서 수도관을 핥던 얼굴, 엘리베이터 방범용 카메라에 녹화된 장면들을 떠올리고 몸을 떨었다.

"그 클리닉 원장 있잖아, 인공 자궁으로 아기 만들었다고 주장하는 그 단체 사람이야."

무정형은 정사각형에게 말했다.

"무슨 클리닉?"

"그 왜, 뇌에 전기자극 줘서 수학 잘하게 만든다고 가게 차려 놓고 애 전기 고문 해서 죽인 사람. 그 사람 그 기술과학 발전 좋아한다는 사람들이 기자회견 할 때 거기 같이 있더라고."

정사각형이 놀랐다.

"넌 그런 걸 어떻게 알아?"

무정형은 설명했다.

"찾아봤지. 그 사람들이 아기 뺏어 가겠다고 난리 치는 바람에 내가 담당하는 건물에서 살인사건 일어났잖아."

정사각형이 얼굴을 찡그렸다.

"아기 납치한다고 주거침입 해서 살인사건 저지르고, 어린애 전기 고문 해서 죽이고, 거기 범죄단체잖아? 그 원장은 대체 뭐 하는 사람이야?"

"난 그 어머니도 좀 이상해. 그 애…… 색종이라고 했나?"

무정형이 망설이다 조심스럽게 말했다.

"색종이네 어머니는 정말로 색종이가 죽은 걸 몰랐을까?"

"모르는 건 아니겠지. 모르는 것하고는 아마…… 좀 다를걸."

정사각형은 이렇게 말한 뒤 뭔가 계속 말을 이으려는 듯 입을 벌렸다가 도로 다물었다. 잠시 고민했다. 무정형은 기다렸다.

"예를 들어서, 나처럼 아이들 돌보는 일을 오랫동안 해 온 어떤 사람이 있다고 쳐. 아이를 돌보는 일을 하면 아이의 양육자들하고도 만나게 되겠지?"

"그렇겠지."

무정형이 고개를 끄덕였다. 정사각형이 다시 조심스럽게 말했다.

"그러니까 그렇게 양육자를 많이 만나다 보면 아주 여러 유형의 양육자가 있다는 걸 알게 되잖아? 나하고 비슷한 종류의 일을 하는 사람이, 비슷한 경력을 가지고 있다고 가정하면 말이야."

"알았으니까 빨리 본론 얘기해."

정사각형이 이렇게 길고 조심스럽게 여러 가지 가정을 늘어놓을 때는 언제나 이유가 있다. 아마도 사건과 관련해 법정에서 증언을 하거나 경찰이나 검찰에 가서 진술을 해야 하기 때문이라고 무정형은 짐작했다. 불안하고 괴로운데, 직업상 남에게 자세한 이야기를 털어놓을 수 없으니 말을 빙빙 돌리는 것이다. 그래서 무정형은 일부러 아무 것도 모르는 척했다.

정사각형은 더욱 뜸을 들이며 고민했다.

"어디까지나 가정이야. 피해 아동이나 그 양육자에 대해서 구체적으로 하는 얘기가 아니라, 독특한 양육자들을 만난 경험이 있다고 가정하면 어떤 추정을 할 수도 있다는 거야."

"어떤 추정인데?"

무정형이 재촉했다.

"아이가 사망했다는 사실을 객관적으로 인식할 능력이 없어
질 정도로 양육자가 완전히 망가진 상태일 수 있지. 신체나 정
신의 병이 있는데 치료가 안 됐을 수도 있고 어떤 트라우마가
있었을 수도 있고. 누가 아니, 그 뇌에 전기자극 준다는 돌팔이
가 애 엄마한테도 똑같은 짓을 했을지."

정사각형이 천천히 설명했다. 무정형은 기다렸다.

"그런데?"

정사각형이 계속 고민했기 때문에 무정형은 또 재촉했다.

"가끔 보면 좀 다른 방향에서 비정상적인 양육자를 만날 때
도 있다는 거야. 예를 들면 상황이 자기 마음대로 돌아가지 않
으니까 양육자가 아이 탓을 하는 거지. 아이가 정말로 괴로워
하고 힘들어하는데, 양육자는 아이가 나를 골탕 먹이기 위해서
일부러 괴로운 척한다, 나를 조종해서 자기를 떠받들게 만들기
위해서 힘든 척하고 있다, 이렇게 생각하는 거야."

여기까지 말하고 정사각형은 다시 뭔가 생각했다. 무정형은
재촉하지 않았다.

"아이는 그냥 아이라는 생각을 못 하는 거지. 아이가 어른처
럼 똑똑하고 영악해서 어른을 이겨 먹으려고 항상 이런저런
꾀를 쓰고 있으니까 나는 거기에 넘어가지 않고 아이를 혼내
서 어른 무서운 걸 알게 해 줘야 한다, 이렇게 생각하는 양육자
들도 있어. 아이가 오로지 자기를 괴롭히고 자기 인생을 망치

려고 존재하는 무슨 괴물인 양 피해망상 비슷하게 생각하는 양육자도 있고."

정사각형은 단숨에 이렇게 말하고 숨을 들이쉬었다. 그리고 숨을 내쉰 뒤에 말했다.

"그리고 그 피해 아동의 양육자가 그렇다는 건 아닌데, 어떤 구체적인 사례에 대한 얘기가 아니라, 자기가 학대를 당했기 때문에 원래 아이는 그 정도 학대는 견뎌야 하는 거라고 생각하는 양육자도 있어."

학대 사건에 대한 언론보도에 흔히 나오는 이야기였다. 학대 피해자가 성장하면 학대 가해자가 된다, 학대 피해자는 반드시 언젠가 나중에 학대를 저지를 것이라는 가정은 학대 피해자에 대한 모욕이며 2차 가해였다. 언론보도 등에서 보면 일반적으로 학대 가해자가 법정에서 자신을 정당화하기 위해 갖다 붙이는 변론으로 활용되는 것 같았다.

정사각형은 고개를 저었다.

"아니, 양육자가 자기가 당한 게 학대라는 걸 모른다고. 그게 문제라니까. 그래서 아이는 원래 이런 식으로 훈육하는 거라고 믿고 똑같은 짓을 저지르는 경우도 있는 거야. 자기는 이렇게 올바른 사람으로 잘 컸는데 아이가 너무 약해서 그 정도도 견디지 못한다, 혹은 요즘 애들은 영악해서 어른이 시키는 대로 하지 않고 꾀를 부린다, 이런 식으로 생각하는 거지."

"설마 그렇다고 애가 죽는 것도 모를까?"

무정형이 중얼거렸다. 정사각형은 뭔가 말하려다 다시 입을 다물었다. 그리고 고개를 저었다.

"그 원장인지 뭔지가 진단서 써 주는 바람에 애가 학교를 못 가게 돼서 아무도 모르는 채로 갇혀 있다가 죽었으니까 그 원장하고 양육자하고 다같이 살인죄로 처넣으면 좋은데, 그렇게 될지 모르겠다."

정사각형이 마침내 조용히 말했다.

"살인 맞잖아?"

무정형이 분노했다. 정사각형이 고개를 저었다.

"살인죄로 처넣으려면 고의가 있었다는 걸 증명해야 하는데, 저런 사람들은 고의가 없어. 아이가 죽는 존재라는 생각을 못 하거든."

정사각형은 자기 자신의 기억에게 말하듯이 중얼거렸다.

"아이가 사람이라는 걸 이해를 못 하니까, 사람은 죽을 수 있다는 것도 생각을 못 하는 거야."

정사각형이 말했다.

"그러니까 죽었을 리 없다고 하겠지. 아이도 사람이라서, 전기 고문을 너무 많이 했더니 죽어 버렸다. 아이는 사람이고, 사람이 죽으면 돌이킬 수 없다. 이걸 이해하고 싶지 않겠지. 인정하는 순간 상황이 자기한테 너무 불쾌해지니까."

괴로워지는 게 아니라, 자신이 가해자가 되는 상황이 '불쾌'해진다. 무정형은 고개를 끄덕였다. 이해할 수는 있었지만 그런 사고방식을 군이 이해하고 싶지는 않았다.

정사각형은 무정형과 함께 아이들의 집에서 자랐다. 그것은 흔한 일이었다. 양육자가 없거나, 혹은 가족이 있어도 아이들의 집에서 지내는 아이들은 언제나 많이 있었다. 아이들은 가족과 좋은 관계를 유지하면서 아이들의 집에서 지내기도 했고 혹은 가족과 연락이 끊어진 채 아이들의 집에서 건강하게 성장하기도 했다. 정사각형은 성년을 앞두고 아동양육 전공으로 대학에 진학했다. 대학에서 관련 자격증을 취득하고 졸업한 뒤에는 양육교사로 정식 취업해서 계속 아이들의 집에서 살며 일할 생각이었다. 정사각형이 대학에 다니며 아이들의 집에서 실습교사로 일하면서 지내고 있을 때 정사각형의 생물학적 부모 중 한 명이 정사각형을 찾아왔다.

이유는 돈이었다. 정사각형을 전혀 양육하지 않은 전 친권자는 처음에는 정사각형을 계속 찾아와 작은 선물을 주기도 하고 정사각형의 어린 시절 사진을 보여 주고 정사각형을 데리고 나가 함께 식사를 하거나 가까운 관광지에 가기도 했다. 그렇게 공들이는 과정이 서너 달 정도 지속되었다. 그리고 마침내 충분히 친해졌다고 판단했는지 정사각형의 양육 책임을 방기한 전 친권자는 정사각형에게 돈을 요구했다.

정사각형에게는 돈이 없었다. 그때 정사각형은 막 스무 살을 맞이한 학생이었고 취득한 지 얼마 안 된 양육교사 자격증 외에는 가진 것이 아무 것도 없었다. 정사각형의 양육 책임을 방기한 전 친권자는 정사각형에게 양육교사 자격증이라는 확실한 신분이 있으니 대출을 받을 수 있을 것이라며 돈을 빌려 자신에게 넘겨줄 것을 회유했다. 정사각형은 거부했다.

스토킹이 시작되었다. 전 친권자는 정사각형에게 끊임없이 연락하여 감정적으로 읍소하기도 하고 차분하고 길게 설득하기도 하고 화를 내기도 했다. 정사각형이 연락을 차단하면 전 친권자는 번호를 바꿔 가며 여러 가지 수단을 사용해서 계속해서 금전을 요구했다.

아이들의 집 소장은 정사각형이 돌보는 영아를 화장실에 데리고 간 사이에 정사각형의 휴대전화 화면에 끊임없이 메시지가 떠오르는 것을 보았다. 정사각형이 영아를 데리고 돌아온 뒤에 소장이 사정을 물었다. 정사각형은 망설이다가 상황을 털어놓았다. 아이들의 집 소장이 정사각형에게 대처 방법을 지시했다. 소장은 정사각형을 실제로 양육한 어른이었고 정사각형과는 오랜 세월 정서적 친밀감을 쌓아 온 신뢰할 수 있는 인물이었다. 그리고 전 친권자의 스토킹에 대해 소장이 정사각형에게 알려 준 대처 방법은 충고나 제안이 아닌 지시였다. 정사각형은 성인이었고 아이들의 집 근무자였으며 소장은 이제 정사각형의 직장 상사였다. 소장은 정사각형의 전 친권자가 양육교사의 정당한 업무를 방해하고 있다고 판단했다.

정사각형은 전 친권자의 연락 내역을 최대한 모아서 경찰에 스토킹 신고를 했다. 아이들의 집 소장은 경찰에 별도로 정사각형의 전 친권자를 업무방해로 고발하고 교육가족부에 민원을 넣었다. 정사각형의 양육을 방기한 전 친권자를 특정했으므로 정부가 양육비를 청구해야 한다는 내용이었다. 물론 공공양육의 책임은 국가와 공동체에 있었으므로 양육비 청구가 실제로 받아들여질지는 현실적으로 알 수 없었다. 그러나 민사소송을 시작할 수는 있었다. 그리고 법적인 절차가 시작되면 보통 이런 악성 전 친권자들은 도망친다는 사실을 소장은 경험으로 알고 있었다. 도망치지 않고 오히려 더 끈질기게 달라붙는 정말 악질적인 사람들도 가끔 있었다. 그런 경우에도 경찰과 교육가족부를 동원하면 피해자가 공권력의 보호를 받을 수 있었고 불안한 상황을 혼자서 감당할 필요가 없어졌다. 공적인 기록을 그때그때 남겨 두면 그런 기록이 쌓여서 가해자에 대한 처벌로도 이어질 수 있었다. 소장의 예상대로 정사각형의 전 친권자는 경찰과 행정기관의 통지를 받자마자 연락을 끊고 쉽고 빠르게 행방을 감추었다.

정사각형은 이런 이야기를 무정형에 털어놓고 울었다. 무정형과 특별히 친했기 때문은 아니었다. 함께 아이들의 집에서 지내던 아이들이 모두 성인이 되어 졸업하고 남은 사람이 무정형밖에 없었기 때문이었다. 무정형은 신생아실 담당 양육교사가 되기 위해 실습을 하는 중이었다. 2년쯤 버티다가 결국 무정형은 아동양육이 자신의 길이 아니라는 사실을 깨닫고 양육교사를 그만두었다. 그 2년 동안 무정형과 정사각형은 열이 나는 아기를 안고 응급실에 달려가는 날들, 밤을 새우는 날들을 함께 보내며 친해졌다. 정사각형은 무정형의 이야기를 들었고 이후 무정형의 동생이 의료인이 되는 모습을 지켜보았다. 무정형은 정사각형이 가루를 돌보다 사랑에 빠져 가루의 동의를 얻고 파트너인 '달빛'과 함께 교육가족부에 가루에 대한 돌봄 관계를 신청하고 신원조회를 통과하고 이후 온갖 검사와 상담과 확인과 점검 과정을 거쳐서 시험 위탁 기간을 마치고 드디어 입양까지 성공하는 과정에서 정사각형과 달빛이 쏟아놓는 하소연과 불평을 들어 주고 격려의 밥을 사 주고 마침내 가루와 가족이 되었을 때 축하의 밥을 사 주었다.

부모가 없어도, 부모가 다쳐도, 부모가 아파도, 부모가 가난해도, 부모가 신뢰할 수 없는 인격을 가졌거나 범죄자라도, 아이들은 그런 부모와 아무 상관 없이 자라날 수 있었다. 아이의 삶은 아이의 것이었다. 혈연이 있는 가족과 좋은 관계를 유지할 수 있는 것은 기쁜 일이고 행운이었다. 좋은 관계를 유지할 수 없다면 슬픈 일이지만, 가족의 불운이 아이의 인생 전체를 지배할 필요는 없었다. 돌봄을 받으며 건강하게 성장하는 것은 모든 아이가 가진 고유의 권리였다.

아이들의 집에서 아이는 그런 사실을 이해하면서 어른이 되었다. 아이들의 집은 어른들의 집이기도 했다.

10.   나타나다

관은 바닥이 둥둥 울리는 듯한 진동 때문에 잠에서 깨었다. 몇 시인지 보려고 관은 눈을 감은 채 팔만 뻗어 휴대전화를 더듬어 찾았다. 휴대전화는 손에 잡히지 않았다. 관은 베개 반대쪽으로 손을 뻗었다. 묵직한 것이 바닥에 떨어지며 둔탁한 충격음이 조그맣게 들려왔다. 관은 떨어진 휴대전화를 집으려고 짜증을 내며 매트리스에서 억지로 몸을 일으켰다.

매트리스 발치에 누군가 서 있었다. 서 있는 게 아니라, 공중에 떠 있었다.

머리가 길고 하얀 옷을 입은 여성이었다. 관은 상체를 반쯤 일으킨 채 그대로 굳어졌다. 깜짝 놀란 와중에도 관은 머릿속 한 구석에서 저건 대단히 고전적인 귀신의 모습이라고 생각했다.

여성은 젊었다—젊다기보다는 어렸다. 나이를 아주 많이 늘려 잡아도 20대 초반, 그보다는 아무래도 미성년자처럼 보이는 소녀의 모습이었다. 얼굴은 창백했고 긴 머리카락은 흐트러져 있었다. 입술이 푸르스름한 보라색으로 변해서 몹시 추워 보였다. 입가에 커다란 점이 있었다.

관은 상체를 반쯤 일으킨 불편하고 어색한 자세 그대로 움직이지 못하고 여성을 계속 가만히 쳐다보았다. 여성도 허공에 낮게 떠오른 채 관의 발치에 서서 관을 쳐다보고 있었다.

그렇게 마주 보다가 관은 여성의 입가에 있는 큰 점이라고 생각했던 것이 멍 자국임을 갑자기 깨달았다. 여성의 아랫입술 한쪽이 터져 있었다. 입술 주위와 아래턱에 거무스름하게 멍이 들었고 그 위로 가느다랗게 피가 흘렀다. 여성의 창백한 얼굴, 푸르스름한 입술, 거무스름한 멍과 그 위의 빨갛고 가는 실 같은 핏자국까지, 어둠 속에서 모든 것이 반투명하면서도 기이할 정도로 선명하게 관의 눈에 들어왔다.

"당신이에요?"

관이 마침내 물었다.

"당신이 여기서 죽은 사람이에요?"

여성이 천천히 고개를 끄덕였다.

방바닥을 통해서 다시 둥둥 울리는 진동과 함께 귀에 거슬리는 날카로운 금속성 소리가 들려왔다.

그 순간 여성은 사라져 버렸다.

건물 관리인 요가 무정형에게 전화했다. 소음 신고가 여러 건 들어왔는데 같이 가 줄 수 있냐는 것이었다. 요는 무섭다고 몇 번이나 말하면서도 아직도 건물 관리 일을 그만두지 못했다. 다른 일자리를 찾기 힘들다고 했다. 요는 엘리베이터 살인 사건 이후로 뭔가 민원이 들어올 때마다 무척 불안해하며 주거환경관리과에 전화해서 조사관 동행을 요청했다.

"네, 갈게요."

무정형은 대답하면서 다시 한번, 요가 참 안됐다고 생각했다.

요가 건물 입구에 나와 무정형을 반겼다. 두 사람은 함께 엘리베이터에 올랐다. 무정형은 요가 누른 층수가 그 집보다 한 층 아래인 것을 자기도 모르게 눈여겨보았다.

"민원이 말도 못 하게 들어왔어요. 벌써 며칠째 한밤중에만 시끄럽게 군다고."

요가 작은 소리로 중얼거렸다.

"밤에 음악 듣는 걸 좋아하는 사람인가 봐요?"

무정형이 동정적으로 물었다. 요가 고개를 저었다.

"아뇨, 그런 게 아니라……."

요는 문장 중간에 말을 끊었다. 거칠게 고개를 저었다.

"하여간 이상해요. 가서 보세요."

그래서 무정형도 더는 묻지 않았다.

엘리베이터 문이 열리자 복도에 사람이 여러 명 서 있는 것이 보였다. '말도 못 하게' 민원을 넣었다는 같은 건물 거주자들인 모양이라고 무정형은 짐작했다. 요와 무정형이 나타나자 거주자들은 제각기 불평을 늘어놓기 시작했다.

"사흘 동안 잠을 못 잤어요. 꼭 잠들만 하면 새벽에 북을 쳐댄단 말이에요."

거주자 한 명이 요에게 말했다. 옆에 서 있던 다른 거주자가 동의했다.

"맞아요. 그 북소리 때문에 우리 애들이 자다가 경기를 해서 한밤중에 아이들의 집으로 대피했어요."

"굿하는 거 아니에요?"

엘리베이터 바로 옆에 서 있던 또 다른 거주자가 거칠게 말했다.

"쾅쾅거리며 꽹과리나 방울 소리 같은 것도 들리던데 무슨 이상한 의식 같은 거 하는 건 아니겠죠?"

이 세 번째 거주자의 직감이 가장 정확했다.

요는 문제의 집 현관 앞에서 초인종을 눌렀다. 아무도 대답하지 않았다. 요는 초인종을 몇 번 누르다가 문을 두드렸다. 문은 잠겨 있었고 여전히 아무도 열지 않았다. 요는 휴대전화를 꺼냈다. 문제의 집 거주자에게 전화했다.

"지금 댁에 안 계십니까? 저희가 들어가 봐도 되겠습니까?"

요가 물었다.

"이웃분들이 밤에 시끄러워서 아주 심각하게 피해를 보고 계십니다. 공공주택 소음 규정은 입주하실 때 다 안내를 받으셨을 텐데요?"

"잠깐만요!"

상대방은 휴대전화 스피커를 통해 울릴 정도로 큰 소리로 다급하게 말했다.

"제가 지금 갈게요! 금방 갈 테니까 들어가지 말고 좀 계세요!"

"오시는 데 얼마나……."

요가 정확한 도착시간을 물으려 했으나 상대방은 이미 전화를 끊은 뒤였다.

"이 사람이 이렇게 끊어 버리면 도대체 어떻게 하라는 거야……."

요는 휴대전화 화면을 들여다보며 짜증스럽게 중얼거렸다. 이웃들이 또다시 한꺼번에 불평을 늘어놓으려 했다.

요가 한 손을 들어 사람들을 제지했다. 그리고 현관문에 귀를 댔다. 이웃들은 요가 집 안의 소리를 들으려는 모습을 보고 입을 다물었다.

조용했다. 현관문 안쪽에서는 아무런 소리도 들리지 않았다.

요가 다시 초인종을 눌렀다. 처음에 했듯이 조심스럽고 예의 바른 방식이 아니라 거칠게 여러 번 마구 눌렀다.

이웃들이 다시 옆에서 와글와글 떠들기 시작했다. 요가 손을 들어 현관문을 다시 두드리려 했다. 그 순간 문제의 시끄러운 집 문이 갑자기 벌컥 열렸다.

안에는 잠이 덜 깬 것이 분명한 부석부석한 얼굴의 젊은 사람이 길게 늘어진 풍성한 수건 같은 연푸른색 옷을 입고 서 있었다. 머리카락은 까치집처럼 전부 뒤엉켜 곤두서 있었고 눈도 반쯤 감은 채였다. 명백하게 자다가 나온 모습이었다.

요가 휴대전화를 꺼냈다. 앱을 열었다. 그리고 화면과 현관문 안에 서 있는 잠 덜 깬 사람의 얼굴을 번갈아 쳐다보았다.

"이 집 거주자십니까?"

요가 물었다.

"아니, 저기······."

잠이 덜 깬 젊은 사람이 웅얼거렸다. 그러더니 어리둥절한 얼굴로 요에게 되물었다.

"그쪽은 누구신데요?"

"잠깐만요!"

누군가 크게 외쳤고 복도에 서 있던 사람들이 모두 고개를 돌렸다. 엘리베이터에서 방금 내린, 이 집 거주자로 보이는 사람이 달려왔다.

"얘는 저기, 저, 제 친구인데요……."

요가 다시 휴대전화 화면을 쳐다보고 달려온 사람의 얼굴을 쳐다보았다.

"거주자님이세요? 친구분 때문에 소음 문제로 민원이 많이 들어왔는데 앞으로는 좀 주의해 주시면 좋겠습니다. 소음 규정은 아시죠?"

"네? 아, 네. 물론 알죠. 죄송합니다."

거주자가 당황하며 대답했다. 그때 현관문 옆에 서 있던 이웃이 집 안을 들여다보고 외쳤다.

"저게 뭐야?"

이번에는 모두의 눈길이 그 이웃 쪽을 향했다. 현관문 옆에 선 사람이 잠이 덜 깬 사람 옆으로 팔을 뻗어 집 안을 가리켰다.

"저거 제단이에요? 이 집 제사 지내요?"

"굿하는 게 맞네! 그래서 그렇게 시끄러웠네!"

이웃을 따라서 다른 거주자들도 집 안을 들여다보며 저마다 소리치기 시작했다. 무정형도 사람들을 따라 옆으로 가서 집 안을 엿보았다.

벽과 문에 가려 정확히는 보이지 않았지만 거실에 빨간 천과 띠 같은 것이 어지럽게 깔려 있고 그 위에 실제로 북과 꽹과리가 놓여 있었다. 이웃들이 몰려와서 현관문 앞에서 화를 내기 시작해서 무정형은 물러서야 했다. 물러서기 직전에 거실 바닥에 반짝거리는 둥근 금속이 여러 개 달린 물건도 무정형의 눈에 들어왔다. 아마 방울일 것이라고 무정형은 짐작하며 성난 이웃들에게 밀려났다.

요가 준엄하게 한 손을 들었다.

"잠시만요. 진정들 하세요, 여러분."

요가 말했다. 그리고 여전히 엘리베이터 앞에 서서 당황하고 있는 문제의 집 거주자에게 물었다.

"친구분이 뭐 하시는 분입니까?"

"네? 아, 저기, 그게, 아마⋯⋯."

거주자가 더듬거렸다. 요가 거주자의 횡설수설을 끊고 단호하게 물었다.

"안에 좀 들어가 봐도 되겠습니까?"

"아니, 안 돼요!"

거주자가 다급하게 거부했다. 그러나 요는 이미 잠이 덜 깬 젊은 사람의 옆을 지나 집 안으로 들어서고 있었다.

"조사관님도 오시죠."

요가 심각하게 말하며 무정형에게 손짓했다. 그래서 무정형도 서둘러 요를 따라 안으로 들어갔다.

거실 한쪽 벽을 온통 차지한 거대한 그림이 가장 먼저 눈에 들어왔다. 무정형이 이해할 수 있는 종류의 그림은 아니었다.

비현실적인 존재를 묘사한 것만은 확실했다. 그 존재는 만화처럼 불타는 눈동자가 가운데 자리 잡은 눈이 얼굴에 세 개 있었고 코가 없으며 가운데 눈 위로 새빨간 뿔이 솟고 검은 털이 덮인 상체 아래 하체에는 빨간 띠 같은 것을 두르고 허공을 달리고 있었다. 허공이라는 사실을 알 수 있는 이유는 역시 만화 같은 화풍으로 구름을 그려 놓았기 때문이었다. 그림 앞에는 과일과 여러 가지 음식이 놓인 상이 있었는데 음식은 별로 정갈하거나 정성스러워 보이지는 않았다. 그저 여러 가지 음식이 어지럽게 상을 채우고 있을 뿐이었다. 그 상 앞 바닥에 무정형이 밖에서 언뜻 엿보았던 빨간 천과 무정형이 보지 못했던 녹색 천 위에 북, 꽹과리, 방울이 흩어져 나뒹굴었다.

"조사관님, 이거 기록하고 계시죠?"

요가 무정형에게 엄숙하게 확인했다.

"예? 아, 예."

무정형은 황급히 정신을 차렸다. 보디 캠을 켜고 통신기에 대고 말했다.

"소음 신고를 받고 건물 관리인과 함께 주택 안에 진입했습니다. 기록 시작합니다. 전송상태 확인 바랍니다."

"전송 잘되고 있습니다."

통신기가 언제나 그렇듯 조금 짓눌린 듯한 잡음을 섞어 구의 목소리를 전달했다. 무정형은 거실 벽을 가득 채운 그림부터 보디 캠으로 찍기 시작했다. 무정형의 휴대전화가 진동했다. 무정형은 안 봐도 구가 보낸 메시지라는 것을 알 수 있었다.

- 뭐냐 저게???

- 몰라

무정형은 짧은 대답을 얼른 보내고 이어서 상과 음식, 그리고 거실 바닥에 널브러진 북과 꽹과리, 붉은 천, 녹색 띠, 방울 등을 차례차례 찬찬히 보디 캠에 담았다. 무정형 뒤에서 이제는 완전히 잠이 깬 듯한 젊은 사람이 건물 관리인에게 애걸하고 있었다.

"제가 이 건물에 귀신 나온다는 얘기를 듣고 꼭 입주를 하고 싶었는데요, 저보다 먼저 들어오신 분이 계셔서요⋯⋯. 그래서 거주자 분한테 부탁해서 며칠만 집을 좀 빌렸거든요, 신을 좀 받으려고⋯⋯."

"빌려요?"

요가 되물었다.

"집을 빌렸어요? 공공주택은 원칙적으로 전대차가 금지돼 있는데요."

"아니, 그런 게 아니고⋯⋯."

젊은 사람이 당황하며 다시 설명했다.

"내일, 모레, 글피까지가 딱 저승길이 트여서 귀신이 오가기 좋은 때인데 이번에 날을 못 잡으면 3년 기다려야 한단 말이에요…… 그런데 하필 그때 맞춰서 이 건물에 나온 집이 없잖아요…… 제가 워낙 급하게 들어오려고 하다 보니까…… 제 나름대로는 그래서 저 집주인 분한테 며칠만 묵겠다고 방값 정도는 드렸어요…… 대가를 안 치르고 신을 받으려고 하면 신이 노하셔서 좀 험해지고 그런 게 있거든요…….”

젊은 사람은 요의 심각한 분위기와 ‘금지’라는 말에 긴장한 듯했다. ‘전대차’라는 단어가 무슨 뜻인지 모르는 것이 분명했다. 무정형은 정체 모를 젊은 사람이 점점 자기 무덤을 파는 과정을 보디 캠에 고스란히 기록했다.

“집을 빌릴 때 전대차 계약을 하셨습니까? 대금을 지급하셨고요?”

요가 차분하게 되물었다. 거주자가 나서서 다급하게 부정했다.

“아뇨! 저희 그냥 아는 사이라서요! 공짜로 재워 줬어요! 공짜예요!”

“그리고 이 친구분이 머무르시는 동안 거주자분은 여기서 같이 지내셨고요?”

요가 물었다. 이번에도 젊은 사람이 나서서 열심히 변명했다.

“아뇨, 집주인 분은 정말 아무 상관 없다니까요…… 저 혼자 여기서 제를 지낸 거예요…… 신 받고 그럴 때 모르는 사람이 옆에서 얼쩡거리다가 살이라도 맞으면 얼마나 위험한데요…….”

“그러면 친구분이 혼자 여기서 지내시면서 의식을 치르셨다?”

요가 다짐하듯 되물었다. 젊은 사람이 크게 고개를 끄덕였다.

"그럼요, 집주인 분은 아무 것도 몰라요, 여기 계시지도 않았어요…… 그냥 얼마간 돈 좀 받고 저를 며칠 재워 준 것밖엔……"

거주자는 완전히 포기했는지 이제는 끼어들거나 반박하려고도 하지 않았다. 그저 허탈하게 젊은 사람과 요와 무정형을 번갈아 바라볼 뿐이었다. 그러다 거주자의 시선이 무정형과 보디 캠으로 향했다.

"다 기록하신 거예요?"

거주자가 힘없이 물었다.

"네."

무정형이 고개를 끄덕였다.

"……미치겠네."

거주자가 한 손으로 이마를 짚으며 중얼거렸다.

요가 거주자와 불법 거주자와 대화를 마치고 무정형이 기록을 다 하고 나서 복도에 나와 보니 아직도 이웃들이 몇 명 서 있었다.

"금방 나갈 겁니다."

이웃들이 이것저것 질문하려 했을 때 요가 단호하게 말했다.

"이 건물에 거주하거나 등록하신 분이 아니라서 처리하기가 좀 쉬울 것 같습니다. 최대한 빨리 처리해서 여러분 생활에 불편이 없도록 하겠습니다."

요가 건물 관리인답게 선언했다.

엘리베이터를 타고 내려오면서 요는 무정형에게 기록 공유를 부탁했다. 그러면서 요가 투덜거렸다.

"안 좋은 소문이 도니까 온갖 외부인들이 불법적으로 들어오려고 하네요. 나 참……."

엘리베이터를 타고 올라갈 때와는 달리 내려올 때의 요는 전혀 불안해 보이지 않았다.

"사무실 가서 보고하고 기록 보내 드릴게요."

무정형이 건물을 나오면서 약속했다.

사무실로 돌아가자 구가 즐거워했다.

"굿하는 거 내가 봤어야 했는데! 다음번엔 건물 기록 내가 갈게."

무정형은 웃었다.

일을 마친 뒤에 무정형은 '어린 사람들의 행복을 지지하는 모임' 건물에 찾아갔다. 주소는 유 선배가 문자로 알려 주었다.

몇 년 지난 사이에 일대는 몰라보게 달라져 있었다. 건물 자체는 그때나 지금이나 아주 크거나 화려하지는 않았다. 그러나 무정형의 기억 속에서 무너져 가던 폐건물은 이제 제법 건실한 상업건물로 변해서 여러 영업장 간판이 외벽을 뒤덮고 있었다. 무정형은 그 간판 중에서 아이를 똑똑하게 키우게 해 준다는 '클리닉'의 이름을 알아보았다.

무정형은 간판들을 찬찬히 살펴보았다. '클리닉' 간판 아래에는 간판은 없지만 창문에 '기술과학 발전 연구소'라는 글자가 붙어 있었다. '클리닉' 간판 위, 건물 꼭대기 층에는 종교 단체로 보이는 상징물이 붙어 있었다.

무정형은 건물 안으로 들어가 보았다. 입구 주위에 층별 안내가 있는지 살펴보았다. 안내판은 찾을 수 없었지만 벽 한쪽에 우편함이 모여 있었다. 무정형은 사방을 둘러보았다. 방범용 카메라는 있었다. 경비원은 없었다. 입구 주변이나 1층 복도에 지나다니는 사람도 없었다.

무정형은 우편함으로 가서 들여다보았다. 지하층 우편함에 '뇌파발달'이라는 작은 명패가 붙어 있었다. 그리고 '클리닉'과 같은 층 영업장의 우편함에 '입양복지'라는 글자가 적혀 있는 것이 보였다. 정식 명패가 아니라 사인펜이나 유성 마커 같은 것으로 대충 흘려 쓴 작은 글자였다.

무정형은 다시 주위를 둘러보았다. 여전히 아무도 없었다. 무정형은 옷깃을 세워 할 수 있는 한 얼굴을 가리고 방범용 카메라를 향해 등을 돌린 뒤 최대한 카메라에 찍히지 않으려 조심하면서 '입양복지'라고 적힌 우편함 뚜껑을 살살 열어 보았다.

안에는 아무 것도 없었다. 무정형은 실망했다.

- 실례합니다.

기계 목소리에 무정형은 깜짝 놀라서 뒤를 돌아보았다. 누군가 휴대전화를 들고 서 있었다. 무정형은 그 사람의 얼굴이 어쩐지 낯익다고 생각했다.

왠지 모르게 낯익은 사람이 휴대전화에 대고 알아들을 수 없는 말을 뭔가 빠르게 중얼거렸다. 휴대전화가 낯익은 사람의 말을 통역했다.

- 저를 도와주시겠습니까?

"네?"

무정형은 당황했다. 낯익지만 모르는 사람이 다시 휴대전화에 얼굴을 대고 빠르게 속삭였다. 휴대전화가 무정형에게 말했다.

- 어린아이들의 행복을 지원하는 회합을 찾고 있습니다.

"어린 사람들의 행복을 지지하는 모임요?"

무정형이 되물었다. 상대방은 처음에 알아듣지 못했다. 무정형도 휴대전화를 꺼내 통역 앱을 켰다. 다시 한번 모임의 이름을 되풀이했다.

통역해 주는 기계의 건조한 말소리를 듣고 누군지 모르지만 낯익은 사람의 얼굴이 환해졌다. 이제 누구인지 알 것 같은, 낯익은 사람이 크게 고개를 끄덕였다.

무정형이 휴대전화 통역 앱에 대고 물었다.

"그 집에 새로 이사 오신 분이죠? 외국에서 오신 분."

낯익은 외국인이 기계가 통역해 주는 단어들을 듣고 조금 의아하다는 표정으로 무정형을 바라보았다.

무정형은 머릿속의 질문을 적절하게 표현하기 위해 잠시 고민했다. 그리고 마침내 문장을 완성했다. 무정형은 휴대전화의 통역 앱을 통해 낯익은 외국인에게 물었다.

"제가 어떻게 도와드리면 될지 자세히 말씀해 보시겠어요?"

- 내 부모에게서 나를 훔쳐 간 사람들을 만나러 왔습니다.

관이 대답했다.

11.　아무한테도 말하지 마

앨리스가 공격당했다. 기술과학의 발전을 지지하는 사람들 세 명이 밤에 아이들의 집에 숨어들었다. 그 세 명 중 한 여자가 아이가 급하게 하룻밤 잘 곳이 필요하다고 외치며 우는 척하며 문을 두드렸다. 당직 양육선생님이 부엌으로 통하는 뒷문을 열고 밖으로 나왔다. 여자 뒤에 숨어 있던 남자 두 명이 양육선생님을 밀어젖히고 안으로 들어왔다. 양육선생님이 비상벨을 누르려 했다. 여자가 덤벼들어 양육선생님에게 매달렸다. 둘은 서로 움켜잡은 채 바닥에 넘어졌다. 여자가 주머니에서 칼을 꺼냈다. 양육선생님을 찔렀다.

양육선생님은 부엌 바닥에 쓰러졌다. 찔린 상처를 움켜쥐고 양육선생님은 웅크린 채 움직이지 못했다. 부엌 바닥에 피가 번졌다.

여자가 일어났다. 손에는 피투성이 칼을 여전히 들고 있었다. 여자는 두 남자와 함께 쓰러진 양육선생님을 부엌에 버려두고 거실로 들어갔다. 불 꺼진 거실을 가로질러 침입자 세 명은 신생아실을 향해 살금살금 걸어갔다.

외부인이 외부 공기를 몰고 들어오자 공기청정기가 먼저 반응했다. 녹색불이 노란색으로, 이어서 빨간색으로 변했다. 공기청정기는 맹렬하게 외부 공기를 흡입하고 걸러내고 깨끗한 공기를 발산하기 시작했다.

원통형 로봇 앨리스가 공기청정기의 이상 반응을 감지했다. 앨리스는 위층에서 아이들이 자는 방을 돌아다니다가 아래층으로 내려왔다. 침입자들은 신생아실 문을 열려 하는 중이었다. 출입증을 인식시켜야 하는 잠금장치가 있는 것을 보고 침입자들은 돌아섰다. 부엌에 쓰러져 있는 양육선생님에게서 출입증을 빼앗아 오기 위해서였다. 침입자들은 다시 거실을 가로질러 부엌으로 향했다.

앨리스가 경사로를 타고 아래층으로 내려왔다. 로봇은 어둠 속에서 부엌을 향해 거실 안에서 움직이는 사람들을 감지했다. 이때 부엌에 쓰러져 있던 양육선생님이 휴대전화를 꺼내 비상 버튼을 눌렀다.

- 위험. 위험.

앨리스가 비상신호를 받고 빨간불을 번쩍이며 귀가 찢어질 듯 커다랗고 날카로운 사이렌 소리를 올리며 외쳤다. 위험을 알리면서 동시에 앨리스는 어떤 종류의 위험인지를 분석했다. 연기도 열기도 없으므로 화재는 아니다. 기온은 정상이며 바닥에 습기도 감지되지 않으므로 폭우나 홍수도 아니다. 공기청정기가 맹렬하게 돌아가고 있지만 공기 중에서 유독 물질이 검출되지도 않았다.

비상신호가 울리고 앨리스가 '위험'을 외치자 아이들의 집 곳곳에 불이 켜졌다. 신생아실에는 24시간 양육교사들이 근무하고 있었다. 아이들이 자는 방 옆에는 청소년들이나 다른 어른들도 몇 안 되는 개인실이나 2인실에서 자고 있었다. 건물 가장 위층에서는 양육교사 두 명이 늦은 시간까지 영수증을 대조하며 회계 작업을 하고 있었다. 달려 나올 수 있는 사람은 모두 달려 나왔다.

앨리스는 위험상황을 하나씩 소거하며 분석하고 있었다. 침입자 세 명이 앨리스에게 달려들었다.

- 위험. 위험.

앨리스가 사이렌 소리와 함께 인간들에게 알렸다.

침입자 세 명 중 한 남자가 바지춤에서 미리 가져온 망치를 꺼냈다. 앨리스를 내려치기 시작했다.

- 위험. 위험.

앨리스가 쓰러졌다. 사이렌 소리가 도중에 멈추었다. 빨간 불빛이 바닥에서 흔들렸다. 남자는 계속해서 망치로 앨리스를 내리쳤다. 로봇의 몸통에서 마감재와 부품이 부서져 바닥에 튀었다.

- 위험. 위험.

앨리스가 신음했다.

양육교사와 어른들, 청소년들이 달려왔다. 망치는 내리치는 침입자부터 붙잡아 말리려 했다. 남자 침입자는 아이들의 집 사람들을 향해 망치를 휘둘렀다. 그 옆에서 여자 침입자가 양육선생님의 피로 푹 젖은 칼을 꺼내 공중에 휘두르기 시작했다. 다른 한 명의 남자 침입자는 부엌으로 달려갔다. 뒷문을 통해 도망칠 작정인 듯했다.

"무기 버려!"

한순간 모두가 동작을 멈추고 돌아보았다. 경찰들이 다시 한 번 외쳤다.

"경찰이다! 무기 버려!"

남자 침입자는 망치를 떨어뜨렸다. 침입자 여자는 무기를 버리지 않았다. 여자가 경찰을 향해 칼을 휘두르며 주춤주춤 뒤로 물러섰다. 그러다 침입자 남자가 바닥에 버린 망치를 밟고 미끄러져 뒤로 벌렁 넘어졌다.

"부엌으로 갔어요!"

신생아실 양육선생님이 부엌을 가리키며 경찰에게 알렸다.

- 위험.

앨리스가 말했다.

이 모든 상황은 앨리스의 카메라에 기록되었다. 침입자가 휘두르는 망치를 맞고 앨리스는 쓰러졌고 카메라는 깨졌다. 그러나 앨리스는 촬영과 기록을 멈추지 않았다.

부엌에서 바닥에 쓰러진 채 여전히 일어나지 못하는 양육선생님이 도망치려는 세 번째 침입자의 다리를 붙들고 안간힘을 쓰고 있었다. 부엌으로 달려간 경찰이 세 번째 침입자를 제압했다. 거실 상황을 정리한 다른 경찰들이 부엌으로 달려왔다. 경찰관들은 세 번째 침입자를 체포하고 구급차를 부르고 양육선생님의 상처를 지혈했다.

부상당한 양육선생님은 급히 병원으로 이송되어 수술을 받았다. 양육선생님이 공격당하는 과정은 뒷문 앞 방범용 카메라에 녹화되어 있었다. 그리고 양육선생님은 수술이 끝난 뒤 무사히 깨어나 병실에서 경찰에게 모든 상황을 자세하게 진술했다.

앨리스는 심하게 파손되었다. 경찰은 증거로 삼기 위해 부서진 앨리스를 통째로 가져갔다. 경찰이 복구한 앨리스의 카메라 저장장치에 주거침입과 살인미수 범죄의 현장 영상 외에도 색종이의 모습이 담겨 있었다.

"엄마는 나쁜 사람이 아냐. 엄마를 못 만나게 되는 건 싫어."

흑백 영상 속에서 색종이는 바닥에 웅크리고 앉아 고개를 숙인 채 이렇게 말했다.

"난 엄마가 싫은 게 아냐. 그냥 거기에 안 가고 싶어. 엄마가 날 억지로 데려가지 않았으면 좋겠어."

색종이는 무릎을 껴안은 채 몸을 둥글게 말고 속삭였다.

"나도 똑똑해지고 싶어. 그렇지만 뇌파 기계가 너무 아파."

말하면서 색종이는 울기 시작했다.

"기계가 너무 아파……. 나도 똑똑해지고 싶은데……. 엄마가 바라는 똑똑한 아이가 되고 싶은데……너무 아파……."

색종이는 이렇게 말하며 한참 동안 울었다. 그리고 양손으로 얼굴을 문질러 눈물을 닦았다. 그런 뒤에 색종이는 처음으로 고개를 들었다. 앨리스의 카메라를—그러니까 영상에서는 보는 사람의 얼굴을 똑바로 바라보며 색종이는 이렇게 말했다.

"아무한테도 말하면 안 돼."

색종이는 일어섰다. 가려다가 다시 몸을 숙이고 색종이는 앨리스의 카메라를 들여다보며 한 번 더 다짐했다.

"알았지? 아무한테도 말하지 마."

그리고 색종이는 어디론가 달려가 버렸다.

그 다음 장면에서 색종이는 아이들의 집 문가에 서 있었다. 색종이의 엄마가 색종이의 팔을 잡아당겼다. 색종이는 겁먹은 표정으로 뒤를 돌아보았다. 앨리스가 자신을 보고 있다는 것을 알아챈 듯, 색종이는 한참 동안 카메라를 바라보았다. 그리고 마침내 엄마의 뒤를 따라 터덜터덜 아이들의 집 밖으로 나갔다. 그곳에서 색종이는 거대한 우주선 같은 유선형 차량에 올라탔다.

차가 떠났다.

- 이것이 저희 방송사가 단독 입수한 피해 아동의 사망 전 마지막 모습입니다. 뇌파 기계가 너무 아프다며 울먹이는 모습이 많은 사람의 가슴을 아프게 했는데요. 검찰은 이 영상을 아동학대의 유력한 증거로 보고⋯⋯.

무정형은 뉴스 다시보기를 중지시켰다. 그리고 다시 앞으로 돌렸다.

색종이의 마지막 모습이 찍힐 당시에 앨리스는 문 안쪽에 서서 밖을 바라보고 있었다. 그 위치와 카메라의 각도 때문에 복원된 영상에서도 아이들의 집 정문 바깥 거리가 아주 잘 보이지는 않았다. 그러나 무정형은 희끄무레하고 거대한 유선형 물체가 색종이와 색종이의 엄마를 빨아들인 뒤 화면 밖 어딘가로 미끄러지듯 움직이는 모습을 보며 저 교통수단이 그때 경찰서 앞에서 보았던 차라고 확신했다.

영상을 언론에 판매한 사람은 색종이의 아버지였다. 유일하게 남은 친권자였으므로 색종이의 아버지는 자식의 마지막 모습이 담긴 영상을 달라고 경찰에 요구할 권리가 있었다. 특정 방송사가 '단독 입수'했다는 말은 사실이 아니었다. 색종이의 아버지는 영상을 여러 방송사와 동영상 제작자에게 판매했다. 인터뷰도 수없이 했다. 한동안 무정형은 모든 형태의 전자기기에서 방송이나 동영상 플랫폼이나 인터넷 페이지를 열 때마다 색종이의 얼굴과 색종이 아버지 인터뷰를 마주쳐야 했다. 색종이의 아버지는 경찰이 자식을 보호해 주지도 못했고 심지어 자식의 마지막 모습이 담긴 영상을 자신에게 넘겨주려고도 하지 않았다며 경찰을 비난하고 어린이를 존중하지 않는 사회를 규탄했다.

"애 엄마 때문에 불쌍한 우리 애가 그렇게 끔찍하게 죽어서……."

색종이 아버지는 인터뷰에서 울먹이며 말했다.

"애 엄마가 무슨 짓을 했는지 많은 분들이 좀 알아주셨으면 하고……."

본의 아니게 색종이 아버지의 인터뷰가 눈에 들어올 때마다 무정형은 색종이가 앨리스에게 다짐하던 모습을 떠올렸다.

"아무한테도 말하지 마."

그래서 앨리스는 부서지는 순간까지 아무에게도 말하지 않았다.

12.   질문

표가 고국에 다시 돌아오는 데는 오랜 시간이 걸렸다.

안나가 병원에서 퇴원하고 집에 돌아왔다. 표는 마리아와 함께 안나가 부상에서 회복하며 재활하는 과정을 돌보았다. 마리아는 좀처럼 새 직장을 구하지 못했다. 표는 자신의 직장에서 최대한 긴 휴가를 얻으려 애썼다. 자신이 떠난 사이에 두 어머니들에게 돈과 자원이 충분할지, 양모들에게 무슨 일이 생기는 것은 아닐지, 자신의 일자리나 신분에 갑작스럽게 불운한 변동이 일어나는 것은 아닐지, 표는 걱정을 놓을 수 없었다. 그래서 표는 여러 차례 망설이고 여행을 미루어야 했다.

마침내 표가 공항 입국장에 나타났을 때 관과 관의 아버지가 표를 맞이했다. 관이 달려가 표를 껴안았다. 그리고 관은 표의 여행 가방 손잡이를 받아서 끌고 표의 어깨를 안고 아버지에게 데려갔다.

- 저의 배우자입니다.

관이 휴대전화 자동번역 앱을 통해 아버지에게 말했다. 표는 이전에 고국에 오가며 배운 대로 고개를 숙여 관의 아버지에게 인사했다.

- 저의 이름은 표입니다. 관의 배우자입니다. 만나서 반갑습니다.

표가 휴대전화 자동번역기를 통해 관의 아버지에게 어색하게 인사했다. 관의 아버지가 표의 양손을 꼭 잡았다.

"그래요. 잘 왔어요."

관의 아버지가 말했다.

"배고프지요? 빨리 집에 가서 밥 먹어요."

"아버지가 너 먹인다고 새벽부터 요리를 무진장 많이 하셨어."

관이 웃었다.

표는 이전에 고국에 왔을 때를 떠올렸다. 직접 만든 음식을 '상다리가 부러지게' 차려 놓고 손님에게 많이 먹기를 권하는 것은 자신의 고국 문화에서 최상의 호의를 표시하는 방법이었다. 표는 자신이 환영받고 있음을 이해했다. 그래서 표는 기뻤다.

공항철도를 타고 다시 기차를 갈아타고 관의 고향 도시로 와서 표는 관의 가족들과 함께 떠들썩하고 풍성한 식사를 했다. 그런 뒤에 표는 관과 함께 경찰서로 갔다. 관이 했듯 표도 가족을 찾기 위해 유전자 검사를 하고 싶다고 민원실에 있는 경찰관에게 말했다. 민원실 경찰관이 미해결 실종사건 팀에 전화했다. 경찰관이 유전자 검사 키트를 가지고 내려왔다. 경찰관이 표의 입안을 훑은 면봉을 조심스럽게 시험관에 넣고 밀봉하는 모습을 보면서 관은 휴대전화를 꺼냈다. 자동번역기에 질문을 입력했다.

　- 저의 배우자의 유전자를 미해결 살인사건 피해자 유전자와 대조해 주실 수 있습니까?

　실종팀 경찰관의 표정이 굳어졌다. 경찰관이 물었다.

　"무슨 말씀입니까?"

　관은 자동번역기 화면을 들여다보며 고민했다. 그리고 입력했다.

　- 저의 배우자의 어머니가 범죄 피해자일 것이라 생각합니다.

　"왜 그렇게 생각하십니까?"

　경찰관이 진지하게 다시 물었다. 경찰관의 말을 통역기 앱을 통해 듣고 있던 표도 옆에서 물었다.

　"맞아, 왜 그렇게 생각하는데?"

　관은 고민했다. 유령 때문이라고 말할 수는 없었다. 다른 곳도 아닌 경찰서에서 정신이 나갔거나 약물에 취한 사람으로 보이고 싶지는 않았다.

- 저와 저의 배우자 모두 해외로 입양된 과정이 정상적이지 않았기 때문입니다.

관이 생각을 정리하여 설명했다. 그리고 다시 물었다.

- 가능합니까?

"요청해 보겠습니다."

경찰관이 잠시 관의 얼굴을 들여다본 뒤에 짧게 대답했다.

표가 여권 사본과 연락처를 제출했다. 실종팀 경찰관이 말했다.

"여러 데이터베이스와 대조하려면 시간이 더 걸릴지도 모릅니다."

"오케이."

관이 대답했다. 그리고 표와 관은 민원실 경찰관과 실종팀 경찰관에게 감사의 인사를 하고 경찰서를 나왔다.

두 사람은 관이 머무르는 집으로 돌아왔다. 표는 피로와 시차를 이기지 못하여 관의 매트리스 위에 엎드려 관의 베개를 껴안더니 곧바로 잠들어 버렸다. 관은 저녁 식사를 준비했다. 음식이 다 될 때쯤 표를 깨우려 했으나 표는 돌아누워서 다시 색색 고른 숨을 쉬었다. 표를 깨워 보다가, 잠에서 깨기를 기다리다가 관도 어느 새 지쳐서 잠들었다.

관이 잠에서 깨었을 때 표는 조그만 부엌에 서서 관이 준비한 음식을 먹고 있었다.

"아버님 댁에서 그렇게 많이 먹었는데 또 배가 고프네."

표가 입안에 음식을 잔뜩 넣고 웅얼거리며 웃었다. 관이 서둘러 물었다.

"더 해 줄까? 많이 배고파?"

"아냐, 이거면 돼."

표가 말했다. 관은 표에게 다가갔다.

"이 집에서 사람이 죽었대."

표는 음식을 포크에 가득 찍어 입안에 넣으며 웃었다.

"장난치지 마."

"농담 아냐. 여기 입주할 때 들었어. 그래서 이 집이 비어 있었다고."

"왜 갑자기 그런 말을 해?"

표가 음식 접시와 포크를 조리대 위에 내려놓고 심각한 얼굴이 되어 물었다.

관은 크게 숨을 들이켰다. 그리고 단숨에 말했다.

"나 저 방 안에서 유령을 봤어."

"무슨 소리야?"

표가 물었다. 그래서 관은 설명했다.

'어린 사람들의 행복을 지지하는 모임' 사업자 주소지에는 사무실이 남아 있었다. 실제로 단체가 활동을 하는지는 알 수 없었다. 건물 전체에 인기척이 없었다. 층마다 여러 사무실이나 영업장이 있었지만 모두 문이 잠기고 불이 꺼져 있었다. 관은 그 건물 안에 있는 '기술과학의 발전을 지지하는 사람들의 모임'이 현재 어떤 사건들을 저지르고 있는지, 같은 건물에 있는 '클리닉'에서 어떤 일이 일어났는지, 색종이가 죽은 뒤에 자신이 지금 거주하는 건물에서는 또 어떤 사건이 일어났는지, 무정형이 통역 앱과 자동번역기를 최대한 활용하여 들려준 이야기를 표에게 전달했다.

"그 클리닉에서 전기 고문 당해서 죽은 아이를 여기서 본 거야?"

표가 관의 이야기를 듣고 나서 물었다. 관이 조금 생각한 뒤 대답했다.

"그건 아닌 것 같아. 학대 피해로 죽은 아이는 남자아이라고 들었는데, 내가 본 사람은 여자였거든."

"그럼 그건 또 누구야?"

표가 놀랐다.

"유령이 여러 명이야?"

관은 웃었다.

"아냐, 내가 본 유령은 한 명이었어."

"엘리베이터에도 나타났다며? 그건 또 누구야?"

표가 물었다. 관이 고개를 저었다.

"그것도 모르지."

"이 건물엔 대체 유령이 몇 명이야? 그럼 나는 유령이 나오는 엘리베이터를 타고 올라온 거야? 나 여기 오기 전에 알려주지 그랬어!"

표가 질색을 했다.

"미안해."

관이 달랬다.

"그럼 그 기술과학 발전을 지지한다는 사람들은 뭐야? 유령제조 모임이야? 그건 전혀 과학적이지 않은데."

표가 말했다. 그리고 냉장고로 가서 음료수를 꺼내서 컵에따라 마시기 시작했다.

"내일부터 엘리베이터 어떻게 타지?"

음료수를 마시면서 표가 걱정했다.

"엘리베이터 타야 돼. 인터뷰하기로 했잖아."

관이 단호하게 말했다. 표가 놀랐다.

"그게 내일이야?"

"응. 네가 시간 없다고 해서 도착하자마자 최대한 빨리 만날수 있게 정했어."

표가 관의 대답을 듣고 한숨을 쉬었다.

"알았어. 할 수 없지. 엘리베이터에서 유령 보면 인터뷰에서그 얘기도 해야겠다."

관은 '어린 사람들의 행복을 지지하는 모임'이 운영하던 아동 보호소와 가족에게서 분리된 이른바 학대 피해 아동의 해외 입양에 대해 방송사에 제보를 했다. 방송사에서는 관심을 보였다. 관은 표를 설득해서 고국에 찾아오면 함께 인터뷰를 하기로 했다. 담당 프로듀서는 이 프로그램 제작이 긴 과정이 될 수도 있으며 어쩌면 아무 성과가 없을지도 모른다고 조심스럽게 말했다.

- 저희들의 질문 중에서 단 하나라도 대답을 찾는다면 성과가 있는 겁니다.

관은 자동번역기를 통해 프로듀서에게 이렇게 대답했다.

"……그래서 저희 방송에서 인터뷰를 좀 요청드릴 수 있을까 하고 전화를 드렸습니다."

프로듀서 멱(覓)이 말했다. 처음에 연락을 받았을 때 무정형은 거절했다. 무정형은 주거환경관리과 공무원이었다. 직업상 알게 된 사항을 함부로 발설하면 해고당하는 것은 물론 법적인 문제에 휘말릴 수도 있었다.

"사실 말씀드릴 만한 것도 별로 없어요."

그리고 무정형은 '어린 사람들의 행복을 지지하는 모임'의 입양 홍보 동영상에 대해 이야기했다.

"거기는 아이들의 집처럼 국가에서 운영하는 시설이 아니고 사설 단체가 운영하는 아동 보호소였는데, 그 모임에서 만든 동영상에서는 거기가 마치 정규적인 시설인 것처럼 얘기하더라고요. 아이들의 집은 위험한 곳이고 학대의 온상이라면서요. 제가 알기로는 사실 그 보호소가 학대 문제로 문을 닫았거든요."

"그 영상 좀 보내 주시겠습니까?"

멱이 물었다. 무정형은 서둘러 '아이들의 행복을 지지하는 모임'을 검색했다. 웹페이지는 그대로 있었다. 이전과 똑같이 활짝 웃는 아이들이 놀이터에서 노는 사진이 페이지의 대부분을 차지하고 있었다. 그러나 무정형은 동영상으로 연결되었던 메뉴를 찾을 수 없었다. 간신히 '아동인권' 메뉴를 찾아 눌렀다. 페이지가 존재하지 않는다는 오류 메시지가 하얀 화면을 채웠다.

"영상이 삭제된 모양인데요……. 스크린숏 찍어 둔 게 있는데 그거라도 보내 드릴까요?"

무정형이 물었다.

"예, 좋습니다."

멱이 대답했다.

무정형은 사설 보호소를 아이들의 집으로 둔갑시킨 동영상이 사라진 이유를 곧 알게 되었다. 색종이의 아버지가 '어린 사람들의 행복을 지지하는 모임'에 합류한 모양이었다. 그리고 색종이의 아버지는 아이들의 집이 학대를 막지 못해서 색종이가 죽었다는 주장을 펼치기 시작했다.

색종이의 아버지는 색종이가 앨리스에게 고통을 호소하는 영상과 아이들의 집을 나가기 전에 뒤돌아보는 마지막 모습의 스틸컷을 이어 붙인 뒤 아이들의 집이 색종이 어머니가 색종이를 학대하는 사실을 알면서도 은폐했다고 외쳤다. 아이들의 집 때문에 소중한 자식이 죽었다며 색종이의 아버지는 눈물을 흘렸다. 이 동영상, 혹은 유사한 동영상이 여러 플랫폼에 공개되었다. 색종이 아버지의 이런 주장과 동영상의 스틸컷이 언론 보도에도 언급되었기 때문에 무정형은 별로 알고 싶지 않았지만 알게 되었다.

이어서 색종이의 아버지는 해당 아이들의 집을 아동학대 혐의로 고발했다며 경찰서 앞에서 기자회견을 했다. 이 기자회견 또한 동영상 플랫폼에서 색종이 아버지가 운영하는 채널에 실시간으로 방송되었다. 동영상 속에서는 '아이들의 집 대신 안전한 가정을!'이라는 현수막을 든 사람들이 경찰서 앞에 모여 있었다. 무정형은 현수막 아랫부분에 작은 글씨로 적혀 있는 단체 이름을 눈여겨보았다. '어린 사람들의 행복을 지지하는 모임'이었다.

무정형은 색종이의 아버지가 소리치는 부분은 빨리 감기로 넘겨 버렸다. 색종이의 아버지 이후에도 발언하는 사람들이 있었다. 아이들의 집이 자신의 아이를 빼앗아 갔다며 아이를 돌려달라고 호소하는 사람이 있었다. 아이를 입양하려 했는데 갑자기 절차가 중단되었다는 사람은 국가가 개입하여 자신이 정상적인 가정에서 키우려던 아이를 빼앗아 아이들의 집에 넘겼다며 울먹였다.

마지막 발언자에게서 마이크를 넘겨받은 정장 입은 사람이 말했다.

- 자, 그럼 이제 기자회견문 낭독이 있겠습니다. 대표님들 앞으로 나와 주세요.

사회를 보는 사람은 무정형이 경찰서 앞에서 보았던, 우주선처럼 커다란 은색 차에서 내린 그 사람이었다. 평범하게 생긴 여자, '클리닉' 원장과 경찰서에 동행했던, 주위 풍경에 어울리지 않았던 사람이었다.

기자회견문을 낭독하는 '대표님들' 중에 평범한 생김새의 여자는 없었다. 여자는 의사도 아니면서 마치 의사인 양 가짜 진단서를 써 준 데다 허가도 받지 않은 기기를 사용하여 아동을 전기 고문 했다. 그런 여러 가지 혐의로 구속되어 색종이의 죽음에 직접 관련이 있는지 조사받는 중이니 당분간 그 가짜 의사가 저런 행사에 참가하기는 힘들 것이라고 무정형은 생각했다.

- ……아이들의 집은 학대와 비리의 온상입니다. 아이들에게는 진짜 가정이 필요합니다. 부모가 돌볼 수 없는 아이를 아이들의 집이라는 이름의 수용소에 가두는 것은 국가가 자행하는 학대입니다. 입양을 통해 진짜 가정에서 사랑받으며 성장할 수 있게 해 주어야 합니다.

동영상 속에서는 '대표님들'이 기자회견문을 읽고 있었다. 기자회견문을 다 읽은 뒤에 '대표님들'은 마이크를 든 정장 입은 남자를 따라 구호를 외쳤다.

- 아이들의 집 폐쇄하라!
- 아동전문기관 지원 확대하라!
- 아동학대 방지법 개정하라!

구호를 듣고 무정형은 깨달았다. 이 사람들에게 아이를 입양시키는 것은 수익률 좋은 사업이다. 이 단체가 해 온 일이 그런 것이었다. 아이를 부모에게서 빼앗아 보호소에 수용해서 국가 지원금을 받는다. 그렇게 빼앗은 아이를 다른 가정에 입양시켜서 또 돈을 번다. '어린 사람들의 행복을 지지하는 모임' 주소지의 건물에서 만났던 외국인이 아닌 사람도 그렇게 해서 외국으로 입양되었다고 말했다.

무정형은 '기술과학의 발전을 지지하는 사람들'과 그들이 '생산'했다는 부모 없는 아기에 대해 생각했다.

저 사람들은 친권자가 존재할 수 없는 아기를 인공적으로 생산해서 입양시킨다는 구실로 팔고 싶은 것일까? 그래서 아기를 되찾기 위해 온갖 범죄를 불사하는 것일까? 비싼 상품이라서?

'저 사람들이라면 충분히 그럴 것 같은데.'

무정형은 동영상을 다시 앞으로 돌려 색종이의 아버지가 울부짖는 장면을 보면서 이렇게 생각했다.

'방송국 프로듀서님한테 얘기해 볼까.'

13. 사연 있는 집

"방송국 사람한테 연락 받으셨어요? 인터뷰하셨어요?"

무정형이 건물 입구에 들어서자마자 건물 관리인 요가 물었다. 그리고 무정형이 대답할 새도 없이 좌르르 쏟아놓았다.

"여기서 옛날에도 사람이 죽은 적이 있나 봐요. 20년 전인지 30년 전인지, 시체가 발견돼서 난리가 났던 적이 있다고 하더라고요, 그 피디님이. 터가 나쁜 건지……."

무정형은 요를 따라 엘리베이터에 탔다. 두 사람은 소음 신고에서 불법 전대차까지 여러 가지 문제가 일어났던 집으로 가는 중이었다. 무속 의식으로 소음을 일으켜 거주자가 아니라는 사실이 드러난 젊은 사람은 바로 신당을 치우고 집에서 사라졌다. 그러고 나서 집이 완전히 비었다는 연락이 온 걸 보니 불법 전대차를 했던 원래 거주자도 나가 버린 모양이었다. 그래서 무정형은 통상 하듯이 거주자가 이사 나간 집의 주거 환경 사후 점검을 하러 나왔다. 건물 관리인은 보통 이럴 때 점검받을 집의 현관문을 열어 주기만 하면 된다. 그런데 요가 웬일로 건물 입구에서 무정형을 반갑게 맞이하더니 왠지 엘리베이터에도 함께 탔다. 방송 이야기를 하고 싶은 모양이라고 무정형은 짐작했다.

"제 연락처 피디님한테 주셨어요?"

요가 엘리베이터 버튼을 누르며 잠시 말을 멈추었을 때 무정형이 물었다.

요는 바로 대답하지 못하고 우물쭈물했다. 무정형은 언짢았다.

"모르는 사람한테 남의 연락처를 그렇게 막 주시면 어떡해요?"

"재미있잖아요, 방송 나가면……."

요가 멋쩍게 변명했다. 무정형이 반박했다.

"그 사람이 방송사 피디가 아니고 사기꾼이면 어쩌려고 그러셨어요? 모르는 사람 그렇게 쉽게 믿으시면 안 돼요."

요는 아차, 하는 표정이 되었다.

"사기꾼이었어요?"

"아뇨, 진짜 방송국 피디인 거 같긴 해요."

무정형이 내키지 않게 대답했다. 요가 안심했다.

"거봐요, 진짜 맞잖아요. 그래서 인터뷰하셨어요?"

"안 해요. 인터뷰할 게 뭐가 있어요."

대답하며 무정형은 엘리베이터에서 내렸다. 요가 서둘러 따라 내렸다.

"방송국도 가 보고 그러면 재미있잖아요. 인터뷰하면 출연료도 준다는데요? 조사관님 방송국 건물 점검은 안 해 보셨을 거 아니에요?"

요는 집 안까지 무정형을 따라 들어와서 계속 이야기했다.

"여기가 옛날에는 부자들 사는 집이었는데 리모델링 크게 하려고 공사를 했더니 뒷마당이었는지 옥상이었는지 어디에서 시체가 나왔대요. 그래서 경찰 드나들고 소문 흉하게 나니까 집값 확 떨어지고 다들 이사 나가 버려 가지고, 결국은 정부가 사들여서 공공주택 지었다고 하더라고요. 우리 같은 사람들한테는 잘됐죠, 뭐."

"귀신 때문에 여기 일 그만두신다면서요?"

무정형이 거실 통풍과 채광에 이어 부엌 수도관 누수 상태를 점검하며 심드렁하게 물었다. 집의 기본적인 주거 조건은 나쁘지 않았다. 다만 거실 벽에 그림을 붙였다가 급하게 떼었는지 벽지에 일부분 심하게 뜯어진 곳이 있었다. 요가 말을 하려고 입을 열었으나 무정형이 먼저 벽지 뜯어진 곳을 가리켰다.

"여기 도배 새로 하셔야 할 것 같은데요. 비용은 이사 나간 전 거주자한테 꼭 청구하시고요."

"아, 예."

요가 벽지 손상된 곳의 사진을 찍었다. 무정형은 거실 점검을 완료하고 돌아섰다. 요가 따라와서 말했다.

"그 범죄자들 잡혀갔고, 불쌍한 아기도 나갔고, 이제는 귀신이 안 나오니까요. 여기서 굿했던 무당이 그렇게 시끄럽게 굴더니 귀신을 불러온 게 아니고 오히려 쫓아냈나 봐요."

무정형은 화장실 안을 들여다보았다. 세면대와 샤워기의 물을 틀고 누수 여부와 배수 상태를 점검했다. 누수는 없었으나 샤워기 아래쪽 배수구에서 물이 좀처럼 빠지지 않았다. 화장실 문밖에서 요가 말했다.

"사람도 그렇지만 건물도 어디나 다 사연이 있더라고요. 여기만이 아니고…… 건물 관리를 하다 보면……."

무정형은 듣고 있지 않았다. 주머니에서 위생 장갑을 꺼내 손에 꼈다. 쪼그리고 앉아 배수구를 살펴보았다.

"샤워기 배수구는 청소를 안 해서 머리카락이 뭉친 것 같은데요……. 청소하시고 배수 자체에 문제가 있으면 배관공 부르시고요. 이런 비용도 다 이전 거주자한테 청구하셔야 하고…… 기록하고 계시죠?"

무정형이 화장실을 나와서 요에게 말했다.

"네? 네, 기록해야죠."

요가 화장실 안으로 들어가 샤워기 배수구 사진을 찍었다. 무정형은 화장실 맞은편 침실로 들어가 나머지 점검을 마쳤다.

엘리베이터를 타고 내려오면서 무정형은 문득 생각나서 물었다.

"이 집 살던 사람은 그 무속인이랑 굿하는 소음 때문에 쫓겨난 거예요?"

"아뇨, 자기가 나갔어요. 도망가면 과태료가 안 나올 줄 알았나 봐요."

요가 재미있다는 듯 대답했다. 엘리베이터가 1층에 도착했다. 문이 열렸다.

건물을 나오기 전에 무정형은 요에게 당부했다.

"제 연락처 다른 사람한테 주지 마세요. 그리고 관리인님도 사람 함부로 믿지 말고 조심하세요. 여기서 살인사건 일으켰던 그 일당들이 방송국이네 뭐네 거짓말하고 기어들어 올지 어떻게 알아요."

요의 얼굴이 굳어졌다.

"아, 그것도 그렇네요. 하지만 그 사람들 다 잡혀간 거 아니었어요?"

"조심해야죠."

무정형은 이렇게만 대답했다. 그리고 요가 또 귀신이나 시체

이야기를 하거나 푸념을 시작하기 전에 서둘러 떠났다.

건물에는 사연이 있다. 그리고 무정형은 그 사연을 조사할 권한이 있었다. 사람이 거주하는 목적으로 사용했던 건물이라면 무정형은 누가 건물을 소유했고 누가 건물에서 살았고 무슨 일이 있었는지 확인할 수 있었다. 그래서 무정형은 확인해 보았다.

그 집이 있는 현재의 건물은 7년 전에 완공되었다. 건축 기간은 길지 않았으나 현재 건물이 세워지기 전에 부지가 한동안 공터로 방치되었던 기간이 있었다. 그리고 그보다 더 전에는 같은 주소지에 오랫동안 다른 건물이 있었다. 무정형은 이전에 있던 건물의 이력을 열어 보았다.

- 신원 미상 변사체 발견.

건물 이력의 비고란 마지막 줄, '철거 상세' 메뉴 바로 위에 날짜와 함께 분명하게 기록되어 있었다. 요의 말은 과장도 뜬소문도 아니었다. 기록에 따르면 시신이 발견된 장소는 당시 건물 8층 베란다였다. 이전에 있었던 건물이 8층짜리였다. 그러므로 요가 말했던 옥상은 아니고 꼭대기 층에서 시신이 나온 것이다. 그 건물이 철거된 자리에 지금 세워진 건물은 15층이었다. 당시의 꼭대기 층이 지금은 중간층이다.

무정형은 아이의 죽음에 대해 경찰에서 조사를 받고 나서 건물에 들렀을 때 베란다에서 보았던 사람의 형상을 떠올렸다.

이전 건물의 소유주는 종교 단체였다. 무정형은 해당 단체가 다른 건물도 소유하고 있는지 찾아보았다. 종교 단체는 과거에 상당히 부유했던 모양이었다. 건물 주소가 여러 개 나왔다. 거주용 건물도 있고 아닌 건물도 있었다.

무정형은 주소를 하나씩 눌러 보았다. 건물들은 모두 철거되었거나 소유주가 바뀌어 있었다. 거주용 건물이 아닌 경우 무정형은 권한이 없었으므로 그 이후에 무슨 일이 있었는지 상세한 사항을 더 이상 알 수 없었다.

현재까지 종교 단체가 소유한 건물이 딱 하나 있었다. 건물의 용도는 '종교시설'이라 기록되어 있었다. 주소만 보고도 무정형은 짐작할 수 있었다. 그래도 확인하기 위해 무정형은 '지도 상세' 메뉴를 눌렀다. 이어서 '외관 상세'와 '내부 상세'도 확인했다. 익숙한 건물이 화면에 떠올랐다. '어린 사람들의 행복을 지지하는 모임'과 지금은 원장이 잡혀가서 문을 닫은 '클리닉'이 있는 그 건물이었다. 사진 속 건물 옥상에 종교 단체 상징물이 설치되어 있었다.

무정형은 건물 소유주에 대한 상세정보를 눌러 종교 단체 대표의 이름을 찾아보았다. 현재 대표의 이름과, 시신이 발견된 장소인 이미 철거된 건물의 소유단체 대표 이름이 달랐다. 두 사람의 성이 같았기 때문에 무정형은 이전 대표와 현재 대표가 가족 관계일 것이라 짐작했다. 공개된 정보는 그 정도였다.

무정형은 업무용 시스템에서 로그아웃하고 창을 닫았다. 그리고 인터넷 검색창을 열고 이전 대표의 이름과 종교 단체의 이름을 함께 검색해 보았다. 검색 결과의 가장 윗줄에 뜬 기사 제목이 눈에 들어왔다.

- 인공 자궁 아기, 친모 나타나

14. 장례

무정형은 전화를 받았다. 정사각형이었다.

"색종이 장례식 할 건데, 너도 올래?"

정사각형이 낮은 목소리로 물었다.

"갈게. 언젠데?"

무정형이 되물었다. 정사각형이 대답했다.

"이번 주말이야. 부고 보내 줄게."

무정형은 정사각형이 보낸 링크를 열고 휴대전화 화면을 들여다보았다. 아이의 부고는 옳지 못하다고 무정형은 생각했다. 아이의 장례식은 옳지 못하다. 아이의 죽음은 부당하다. 아이는 죽어서는 안 된다. 아이는 자라서 어른이 되어야 한다. 어른이 되어 살아야 한다. 아이는 어른이 되어 오래 살아서 노인이 되어야 한다.

부고에는 색종이의 살아 있을 때 사진이 실려 있었다. 색종이는 장난기 어린 표정으로 명랑하게 웃고 있었다.

억울하다.

아이의 죽음은 억울하다.

색종이의 맑은 얼굴을 보면서 무정형은 그 생각밖에 할 수 없었다.

장례식은 간소했다. 정사각형을 포함한 아이들의 집 양육선생님들이 빈소를 차렸다. 색종이를 알고 지냈던 아이들 몇몇이 영정 앞에서 절을 한 뒤에 양육선생님들에게 안겨 울고 접객실에서 떡과 과일을 먹고 돌아갔다. 무정형은 절을 하고 일어난 뒤에도 영정 사진 앞에서 떠날 수가 없었다. 명랑하고 순진무구한 웃음을 보며 무정형은 동영상 속에서 앨리스를 돌아보던 아이의 겁먹은 눈을 생각했다. 자신이 아이를 처음 만났던 순간, 발끝부터 얼굴까지 희끄무레한 천에 온통 감싸인 채 머리카락만 튀어나와 있던 모습을 생각했다. 아이의 그런 죽음이 너무나 부당했다.

접객실에 들어서자 가루가 무정형을 반겼다. 정사각형의 파트너 달빛이 무정형에게 인사하고 떡과 과일을 가져다주었다.

"정사각 엄마는 오늘 여기서 밤샌대요."

가루가 무정형 옆에 앉아서 말했다.

"나도 같이 있고 싶은데 엄마가 안 된대요."

"넌 엄마랑 같이 집에 가서 자야지."

달빛이 옆에서 가루에게 말했다. 무정형도 동의했다.

"집에 가. 여기서 밤새는 건 힘들어."

"나 여기서 정사각 엄마랑 자고 내일 화장장에 따라가면 안
돼요?"

가루가 물었다. '화장장'이라는 말에 무정형은 속으로 질겁
을 했다. 정사각형의 파트너가 입을 열기 전에 무정형이 자기
도 모르게 쏘아붙였다.

"안 돼. 아이들은 그런 데 가는 거 아냐."

가루가 침울하게 항의했다.

"색종이는 엄마도 아빠도 다 안 왔단 말이에요. 깡통로봇 좋
아했는데 깡통이도 아직 경찰서에 있고. 우리 말고는 아무도
없다구요."

무정형은 더 이상 반박할 수 없었다. 그래서 무정형은 회피
했다. 애초에 자신이 결정할 문제가 아니었다.

"그럼 엄마한테 물어봐."

정사각형의 파트너가 난감한 표정으로 무정형을 쳐다보았다.
가루는 목발을 짚고 일어나 엄마를 부르며 빈소로 달려갔다.

"죽은 아이 아빠가 시신 인수를 거부했대요."

달빛은 가루의 뒷모습을 지켜보다가 가루가 빈소 안으로 들어간 것을 확인한 뒤에 조그맣게 말했다. 무정형은 아이들의 집이 주관하여 장례를 지내게 된 이유를 이해할 수 있었다. 그러나 모든 의문이 풀린 것은 아니었다.

"그 사람 아이들의 집을 고발했다면서요? 여기서 장례 지내면 또 무슨 트집 잡는 거 아니에요?"

무정형이 조심스럽게 물었다. 색종이의 장례식 소식을 들었을 때 가장 먼저 걱정한 점이기도 했다.

"나중에 그럴지도 모르지만 지금은 잡혀 들어갔으니까 나오기 전에 얼른 장례 치러야죠."

달빛이 말했다. 무정형은 놀랐다.

"잡혀 들어가요?"

"경찰에서 난동을 부렸대요."

달빛이 설명했다.

"경찰이 수사 끝났다고 아이 시신 찾아가라고 했더니 자기는 장례 치를 돈이 없다고 싫다고 했대요. 친권자이니 인수해야 한다고 그랬더니 경찰서에 들이닥쳐서 물건을 집어 던졌대요."

말하면서 달빛이 한숨을 쉬었다.

"무연고자로 시에서 처리하면 되지 않냐고 소리소리 질렀다는 거예요. 애 아빠라는 사람이, 자기 자식을……. 그래서 아이들의 집으로 연락이 왔나 봐요."

무정형은 믿을 수가 없었다. 그러나 다시 생각해 보니 그 사람이라면 그럴 수도 있을 것 같았다.

"다른 가족은 없나요?"

무정형이 물었다. 달빛이 고개를 저었다.

"그 아빠 쪽은 다른 가족이 없거나 연락이 안 되나 봐요. 엄마는 뭐…… 친권도 박탈되고…… 그렇게 됐죠."

친권 이전에 색종이의 엄마가 과연 아이의 죽음을 받아들이고 정상적으로 장례를 치를 수 있는 상태인지 알 수 없을 것이다. 무정형은 고개를 끄덕였다. 달빛이 말을 이었다.

"외할머니인지 외할아버지인지 연락이 됐는데 몸도 아프고 너무 멀리 살아서 장례는 고사하고 여기까지 올 수도 없대요. 무슨 낯으로 애를 보냐고 울기만 하다가 끊었대요."

"그러면 가루 말이 맞네요. 우리밖에 없는 거네요……."

무정형이 말했다. 달빛이 고개를 끄덕였다.

무정형은 열심히 생각했다. 그리고 망설이며 물었다.

"저기 그러면요……. 내일 아침에 제가 가루하고 같이 화장장에 가도 될까요?"

"가루하고요?"

달빛이 조금 놀라며 되물었다. 무정형이 설명했다.

"내일 아침에 일찍 제가 댁으로 가서 가루 데리고 색종이 마지막 가는 길 보고 나서 정사각형이랑 시간 맞으면 가루는 같이 집에 가면 되고요. 정사각형은 아마 수속 다 끝나고 정리까지 해야 될 테니까 늦어지면 제가 가루를 집에 데려다줄게요."

"정사각형한테 물어보고요."

달빛이 잠시 생각한 뒤에 양보했다.

화장장은 시 외곽에 있었다. 무정형은 새벽 일찍 일어나 가루와 함께 장례식장에 왔다. 그곳에서 발인식을 하고 조문객 모두 함께 장례식장 버스를 타고 영구차를 따라 화장장으로 향했다. '조문객 전원 탑승'했는데도 45인승 버스 안이 텅텅 비었다. 어린이는 가루 혼자뿐이었다.

무정형은 색종이를 품은 관이 화장로 안으로 들어가는 광경을 보고 싶지는 않았다. 가루도 안에 들어가서 화장로를 보고 싶지는 않다고 했다. 그래서 무정형과 가루와 다른 양육선생님 몇 명은 '고별실'에 들어가지 않고 대기실에 남아서 기다렸다. 대기실에는 장례를 치르는 다른 가족들이 많아서 와글거리고 조금 어수선했다. 차라리 다행이라고 무정형은 생각했다. 무정형은 자동판매기에서 음료수를 사다가 가루에게 주었다.

"깡통이도 왔으면 좋았을 텐데."

가루는 이렇게만 말했다.

"그러게."

무정형도 동의했다.

화장이 끝난 후 소장님과 다른 양육선생님 한 명이 색종이의 유골을 봉안당으로 데려갔다. 나머지 조문객들은 같은 버스를 타고 다시 장례식장으로 돌아왔다.

"네가 와서 다행이다. 와 줘서 고마워."

헤어지기 전에 정사각형이 무정형에게 말했다.

"와야지, 그럼."

무정형은 이렇게만 대답했다. 그리고 정사각형에게 기대선 가루에게 물었다.

"괜찮아?"

가루는 고개를 끄덕였다. 그러나 잠시 후에 고개를 저었다. 그리고 조심스럽게 몸을 돌려 엄마의 품에 얼굴을 파묻었다. 정사각형이 가루를 꽉 끌어안고 등을 토닥였다.

"수고했어."

무정형이 가루와 정사각형에게 말했다.

15. 솜털

- 우리는 수소문 끝에 어렵게 아기의 친모를 만날 수 있었습니다.

시사 문제를 추적하는 탐사 프로그램에서 진행자가 이렇게 말할 때마다 무정형은 대체 어디 가서 어떻게 수소문을 하면 저런 사람들을 찾아내는 것인지 감탄했다.

기술과학의 발전을 지지하는 사람들이 인공 정자와 인공 난자를 인공 수정시켜 인공 자궁에서 출생시켰다고 주장한 아기의 친모 양서(가명) 씨는 무척 두려워하고 있었다. 많이 망설인 끝에, 그러나 아기를 위해 용기를 내어 인터뷰에 응했다고 아기의 친모는 말했다.

양서(가명) 씨는 어렸다. 곧 성년을 앞두고 있었지만 아직도 미성년자였다. 그래서 어느 아이들의 집에서 지내는 중이라고 했다. 경찰이 아동을 전기 고문 한 '클리닉'과 살인사건을 일으킨 기술과학의 발전을 지지하는 사람들의 모임을 수사하면서 이 두 곳에 모두 연관된 종교 단체도 조사를 받게 되었다. 양서(가명) 씨는 경찰이 교주를 찾아왔을 때 달려 나왔다. 아기를 찾아 달라고, 양서(가명) 씨는 경찰에게 외쳤다.

인터뷰에서 양서(가명) 씨는 어렸을 때 종교 단체 지도자의 집에 '수양딸로 거두어졌다'고 진술했다.

- 수양딸이면, 입양되신 건가요? 양자결연 기록 같은 게 혹시 있습니까?

방송 진행자가 물었다. 양서(가명) 씨는 머뭇거렸다.

- 잘 모르겠어요……. 저는 그때 워낙 어려서…… 그냥 시키는 대로 했어요…….

- 그러면 혹시 서류상 기록이 있는지 확인해 보실 생각은 있으신가요?

양서(가명) 씨는 고개를 끄덕였다.

- 네. 확인을 해 보고 싶은데 어떻게 하는 건지 몰라서요…….

그래서 방송 제작 팀은 양서(가명) 씨와 함께 법원으로 향했다. 사실은 집에서도 인터넷만 연결되어 있다면 전자 발급 시스템에 접속해서 금방 확인할 수 있다고 무정형은 혼자 속으로 생각했다. 그러나 방송이란 모름지기 카메라가 진행자와 출연자를 따라 법원에 가는 장면을 촬영해야 현장감이 살아나는 것인지도 모른다.

카메라는 양서(가명) 씨가 법원 민원실에서 입양 사실 확인서 발급 신청서를 받아 들여다보고, 신청서의 여러 항목들을 잘 이해하지 못해서 민원실 직원에게 물어보고, 서투르지만 성실하게 신청서를 차근차근 작성하는 모습을 보여 주었다. 양서(가명) 씨가 신청서를 다 작성해서 해당 창구의 담당 직원에게 가져갔다. 직원이 사무적으로 물었다.

- 신분증 보여 주세요.

- 신분증요?

양서(가명) 씨가 당황했다.

- 신분증…… 없는데요…….

담당 직원이 발급 신청서를 양서(가명) 씨에게 도로 내밀었다.

- 신분증이 없으시면 서류 떼시기가 힘들어요. 가까운 행정복지센터 가셔서 신분증부터 만드시는 게 순서일 것 같아요. 다른 서류는 신분증 만든 다음에 떼시면 돼요.

올상이 된 양서(가명) 씨를 보고 직원이 친절하게 말했다. 양서(가명) 씨가 더듬거리며 물었다.

- 신분증…… 여기…… 여기서는 못…… 만드나요?

- 네. 저희는 하는 일의 종류가 달라서 여기서는 만들어 드릴 수가 없어요.

민원실 직원이 다시 차분하게 대답했다.

카메라는 다음 장면에서 법원 밖으로 걸어 나오는 양서(가명)

씨와 방송 제작 팀을 비추었다. 진행자가 물었다.

- 신분증을 한 번도 안 만들어 보셨어요?

- 네······. 너무 어렵네요······. 이런 데 와 보는 게 처음이라서······.

양서(가명) 씨가 대답하는 말소리에 바람 소리가 섞여 들렸다. 방송 진행자가 다시 물었다.

- 학생증 같은 것도 혹시 안 가지고 계세요?

- 학교······ 안 다녔어요······.

양서(가명) 씨가 조그만 소리로 대답했다.

카메라는 이후 양서(가명) 씨와 진행자를 따라갔다. 양서(가명) 씨가 사진을 찍고, 출력된 사진을 가지고 행정복지센터에 가서 거주 등록을 확인하고, 납세자등록번호와 신분증 발급을 신청하고, 며칠 후에 발급될 신분증을 수령할 장소를 지정하는 모습을 카메라는 일일이 보여 주었다. 필요한 절차를 모두 마치고 양서(가명) 씨는 행정복지센터를 나와 울음을 터뜨렸다.

- 아기······ 출생신고도······ 못 할 거······ 라고 했어요······. 나는······ 아무 것도 없으니까······. 돈도 없고······ 졸업장도 없고······ 아무 것도 없으니까······.

진행자가 양서(가명) 씨를 위로하며 방송 차량으로 데려갔다. 차 안에서 양서(가명) 씨는 눈물을 닦고 물을 마시고 감정을 추슬렀다.

양서(가명) 씨를 교주에게 '수양딸'로 넘긴 사람은 양서(가명)

씨의 친권자였다. 양서(가명) 씨는 어렸을 때 친권자가 자신을 데리고 집을 나와 종교 단체에 속한 건물에서 머무르기 시작했던 날들을 어렴풋이 기억하고 있었다.

- 그냥 평범한 집 같은 곳이었는데, 사람이 아주 많았어요. 종교를 믿는 사람들끼리 그 건물에 모여서 다 같이 살았어요.

그러다 얼마 뒤에 사람들이 전부 뿔뿔이 흩어졌다. 양서(가명) 씨는 뭔가 크고 무서운 일이 벌어졌다는 것만 불분명하게 떠올릴 수 있었다. 정확히 무슨 일인지는 어렸던 양서(가명) 씨에게 아무도 제대로 설명해 주지 않았다. 양서(가명) 씨의 친권자도 그때 사라졌다.

그 집에서 살던 사람들 중 양서(가명) 씨만 혼자 교주의 집으로 가서 살게 되었다. 양서(가명) 씨는 여덟 살 무렵부터 새벽에 일어나 종교의 경전을 소리 내어 읽고 종이에 몇 번이고 베껴 쓰는 것으로 하루를 시작했다. 그 뒤에는 식사 준비, 설거지, 청소, 빨래 등 가사 노동을 했다. 교주의 자녀들이 숙제를 대신 시키면 그것도 해야 했다. 교주 자녀의 숙제를 대신 하는 것이 양서(가명) 씨가 경험한 유일한 교육이었다.

교주의 성 학대는 일찍부터 시작되었다. 양서(가명) 씨는 유산을 몇 번 했다고 말했다.

- 교주님하고 사모님한테 많이 맞았거든요……. 임신했다고…… 칠칠치 못하다고…….

그래서 양서(가명) 씨는 어렵게 낳은 아기를 꼭 찾고 싶다고 몇 번이나 말했다.

방송에서 양서(가명) 씨는 신분증을 발급받은 뒤 유전자 검사를 받았다. 아기의 친모인지 정식으로 확인하기 위한 절차였다. 양서(가명) 씨는 유전자 검사 결과를 기다리는 사이 법원에 가서 입양 사실 확인서도 다시 신청했다. 법원 직원은 이번에도 입양 사실 확인서를 발급해 주지 않았다.

- 입양되신 사실이 없어요.

민원실 직원이 친절하지만 단호하게 말했다. 양서(가명) 씨와 방송 진행자가 몇 번이나 되물었지만 답은 같았다.

- 입양 사실이 없습니다. 그러니까 확인서도 발급해 드릴 수가 없죠.

법원을 나와서 양서(가명) 씨는 크게 심호흡을 했다.

- 어지러워요. 제가 누구인지 잘 모르겠어요.

양서(가명) 씨는 어린 시절 내내, 자신은 교주의 수양딸이고 교주가 자신의 아버지이며, 바깥세상에는 자신이 갈 곳이 없다, 종교 단체에서 자신을 먹이고 입히고 필요한 모든 것을 제공해 주고 있으니 교주의 말을 잘 듣고 교리를 잘 따르면 걱정 없이 지낼 수 있다는 이야기만 계속 들었다고 했다. 이제 서류상으로, 혹은 서류의 부재로 인해 공식적으로 확인된 바, 양서(가명) 씨는 교주와 법적으로 아무 관계가 없었다. 교주는 그저 신도들을 속여 돈을 갈취하고 미성년자를 폭행하고 착취하고 유린한 범죄자이고 인간쓰레기일 뿐이었다.

마침내 유전자 검사 결과가 나왔다. 양서(가명) 씨는 아기의 친모였다. 양서(가명) 씨는 방송 제작 팀과 함께 아기가 살고 있는 아이들의 집으로 향했다.

- 너무 떨려요.

양서(가명) 씨가 아이들의 집 문 앞에 서서 말했다.

진행자가 초인종을 눌렀다. 아이들의 집 문을 열어 준 사람은 정사각형이었다.

- 어서 오세요.

정사각형이 미소를 띠고 어색하게 말하는 모습을 화면으로 보면서 무정형은 혼자 웃었다.

- 선생님들, 애기 엄마 오셨어요. 아가야, 엄마 왔다!

정사각형이 안으로 들어가며 외쳤다. 이 대사는 전혀 어색하지 않았다.

키 큰 양육선생님이 아기를 안고 나왔다. 아기는 무정형이 마지막으로 봤을 때보다 훨씬 자라 있었다. 양서(가명) 씨는 키 큰 양육선생님에게서 조심스럽게 아기를 받아 안았다. 아기는 양서(가명) 씨에게 안긴 채 어리둥절한 표정으로 겁먹은 듯 키 큰 양육선생님을 향해 몸을 비틀었다.

- 보고 싶었어.

양서(가명) 씨가 아기를 안고 볼을 비비며 말했다.

- 너무너무 보고 싶었어…….

그리고 양서(가명) 씨는 울기 시작했다. 아기도 자신을 안고 우는 낯선 사람이 무서웠는지 울음을 터뜨렸다.

한참동안 아기와 함께 울다가 양서(가명) 씨가 훌쩍거리며 얼굴을 문질러 눈물을 닦아 냈다. 그리고 키 큰 양육선생님에게 물었다.

- 아기 이름이 뭐예요? 여기서는 어떻게 부르세요?

키 큰 양육선생님이 부드럽게 되물었다.

- 어머님이 붙여 주신 아기 원래 이름은 뭐였어요?

- 솜털이요.

말하고 나서 양서(가명) 씨는 다시 큰 소리로 울기 시작했다. 목놓아 우는 양서(가명) 씨는 정말 그저 어린 소녀였다.

- 이젠 여기서 솜털이랑 같이 지내시면 돼요.

정사각형이 옆에서 다정하게 말했다.

"그 '어서 오세요' 무진장 어색하더라, 너."

무정형은 정사각형에게 전화해서 놀렸다.

"잘됐지, 뭐."

정사각형은 태평했다. 그래서 무정형은 조금 안심하고 묻기 시작했다.

"그때 다친 양육선생님은 어때? 퇴원하셨지? 요즘에도 쳐

들어오는 놈들 있어?"

"선생님은 휴직했어. 퇴원은 옛날에 했는데 아직도 움직이기가 힘들대. 너무 안됐지, 뭐."

정사각형이 한숨을 쉬었다.

"우리도 불안하니까 방범용 카메라 더 달고 로봇도 새로 한 대 더 들여왔어."

"로봇 가지고 되겠어?"

무정형이 불안하게 물었다. 정사각형이 말했다.

"로봇을 먼저 보내면 사람은 그동안 안에서 카메라 영상 확인하고 여차하면 경찰 부를 시간을 벌잖아."

"그걸로 될까?"

무정형은 반신반의했다. 정사각형이 푸념했다.

"경찰이 상주해야 하네 마네 말이 많아⋯⋯. 그런데 아이들의 집은 원칙적으로 누구나 환영하고 모두가 안전한 곳이어야 한다고. 정말 1초가 급해서 달려오는 아이들이 있으니까. 그리고 문 열어 줄 때 확인하고 경찰이 상주하고 그러면 그게 무서워서 못 들어오는 취약계층이 또 있단 말이야. 자꾸 문을 걸어 잠그면 결국은 진짜 갈 데 없는 애들이 길거리에서 큰일 당해. 저런 범죄자들 때문에."

이번에는 무정형이 한숨을 쉬었다. 답답했지만, 자신과 친구가 둘이서 의논한다고 해결할 수 있는 문제가 아니었다.

무정형이 물었다.

"가루는 괜찮아?"

"괜찮아⋯⋯. 괜찮은 것 같아. 장례식 다녀오고 나서 며칠은 아이들의 집에도 안 가고 나하고 달빛한테만 꼭 붙어서 밤에 가끔 울고 그랬는데⋯⋯. 이제는 밤에 못 자고 울지는 않아. 나아지는 거겠지."

정사각형이 천천히 말했다. 무정형은 마음이 아팠다. 그리고 무정형은 가루가 '깡통'을 언급했던 것을 떠올렸다.

"앨리스는 어떻게 됐어? 경찰한테 돌려받았어?"

"앨리스가 누구야?"

정사각형이 되물었다. 그리고 곧바로 자기 질문에 자기가 대답했다.

"아, 깡통? 수리는 했는데 어째 이름대로 진짜 깡통이 된 거 같다. 좀 삐걱삐걱해."

"버리진 않을 거지? 버릴 거면 나 줘."

무정형이 졸랐다. 정사각형은 단칼에 거절했다.

"누가 버린대? 걔 비싼 애야. 교육가족부 자산이라고. 깡통 보고 싶으면 네가 아이들의 집으로 와."

"누가 보고 싶대?"

무정형은 부정했다. 정사각형은 다시 태평해졌다.

"너 깡통하고 은근히 사이 좋잖아. 양육의무일에 올 거지?"

물론 무정형은 양육보호의무일에 아이들의 집에 갈 것이다. 가루가 보고 싶었다. 아기 솜털도 다시 보고 싶고 솜털 엄마도 만나고 싶었다. 그리고 내놓고 인정하고 싶지는 않았지만 무정형은 앨리스가 보고 싶었다. 아이들의 집을 지키려다 부서졌던 앨리스가 다시 돌아와 삐걱거리는 모습을 보고 싶었다.

16. 신원

표의 휴가는 끝나 가고 있었다. 마리아도 새로 직장을 구했다. 표와 마리아가 일하러 나가면 그 동안 안나를 돌봐 줄 사람을 고용해야 했다. 가족은 바뀐 생활에 적응하며 다시 일상을 시작하기 위해 준비할 시간이 필요했다. 표는 유전자 검사 결과를 여전히 기다리고 있었다. 아무 성과도 없이, 가족을 찾지 못하고 결국 다시 떠나게 될 것이라고 표는 낙담했다.

"기다려 봐."

관이 위로했다.

"소식이 있을 거야."

표는 전화를 받았다. 표와 관의 언어를 유창하게 구사하는 경찰관이 표에게 아직 국내에 있는지, 경찰서에 와 줄 수 있는지 물었다.

"무슨 일인가요?"

표가 걱정했다. 경찰관이 설명했다.

"선생님께서 제출하신 유전자와 일치하는 가족 정보를 찾았습니다만, 가족분이 이미 사망하셨습니다."

"지금 갈게요."

표는 앞뒤 없이 이렇게만 말하고 전화를 끊었다.

"무슨 일이야?"

관이 물었다.

"내 가족이 사망했대."

표가 망연자실하여 말했다.

"경찰서로 오래."

그래서 두 사람은 경찰서로 달려갔다.

경찰이 찾아낸 표의 가족은 신원 미상의 변사자였다. 오래전에 시신이 발견되었다고 했다.

"배우자분이 미해결 사건 피해자의 유전자 정보와도 대조해 달라고 부탁하셨기 때문에, 검사를 해 보았더니 이 신원 미상 시신이 선생님의 어머님인 것으로 확인되었습니다."

경찰관이 유전자 검사 결과지를 표의 앞에 펼쳐 놓고 설명했다.

"그래서 혹시 수사에 협조해 주실 수 있는지 여쭤보고 싶습니다."

"어떤 수사요? 어떻게 협조해요?"

표가 물었다.

"여러 정황상 살인사건으로 의심하고 있습니다. 최근 수사를 재개했습니다. 선생님께서 협조해 주시면 수사에 크게 도움이 될 것 같습니다."

경찰관이 유창하고 명료하게 대답했다.

"그래서 내 유전자 정보를 수사에 사용해도 좋다고 동의했어요. 입양될 때 상황이나 절차에 대한 얘기도 엄마들이 알려주신 대로 최대한 진술했고 입양 기록 사진도 경찰에 줬어요. 이젠 집에 돌아갈래요. 관이 저를 대리해도 좋다는 위임장을 썼으니까 나머지는 관이 여기 남아서 알아봐 줄 거예요."

표가 어머니들에게 영상통화로 말했다.

"그럼 관은 언제 집에 돌아오니?"

마리아가 물었다. 관이 옆에서 끼어들어 대답했다.

"저도 잘 몰라요. 하지만 표의 생물학적 어머니가 누구였는지 경찰이 조사해 주기를 기다리고 싶어요."

"나도 진실을 알고 싶지만, 너희 두 사람이 또 너무 오래 떨어져 있게 될까 봐 걱정이다."

안나가 말했다. 표가 위로했다.

"내가 다시 오거나, 관이 집에 돌아가거나, 뭔가 방법이 있을 거예요."

"이젠 저도 국적이 있으니까요."

관이 말했다.

"여권도 만들었고 배우자 거주 등록도 새로 신청했어요. 저는 합법적으로 이 나라 사람이니까, 여기서 일자리를 구할 수도 있고 돈을 벌어서 표하고 어머니들에게 보낼 수도 있어요. 다 괜찮을 거예요."

"그래도 집에 돌아와야 해."

표가 옆에서 관에게 기대며 말했다.

"물론이지."

관이 대답하고 표의 이마에 입 맞추었다.

종교 단체는 남성의 체세포를 생식세포로 바꾸는 기술과 인공 자궁의 존재는 거짓이며 교주의 성폭력으로 인해 솜털을 임신하고 출산했다는 양서(가명) 씨의 주장을 강력히 부인했다. 그러면서 솜털은 인공 정자와 인공 난자를 수정시켜 인공 자궁을 통해 출생시켰다는 이야기를 되풀이했다. 양서(가명) 씨가 지금 현재도 미성년자이기 때문에 경찰은 성범죄 혐의에 대하여 교주와 종교 단체에 대해서 적극적인 수사를 시작했다. 교주는 유전자 검사를 거부했다. 종교 단체는 경찰이 자신들을 탄압한다며 천벌을 받을 것이라 외쳤다. 또한 양서(가명) 씨가 솜털의 친모라는 유전자 검사 결과는 조작되었다고 강변했다.

경찰은 교주의 유전자 검사를 명령하는 법원 명령서를 받았다. 교주는 그 사이에 도망쳤다. 종교 단체는 경찰의 질문에 교주의 행방을 모른다는 대답으로 일관했다. 경찰은 다시 법원에 영장을 청구했다. 그리고 영장이 발부되자 경찰은 종교 단체와 교주의 자택을 압수수색 했다.

"교주님을 지켜야 합니다! 부당한 공권력에 저항해야 합니다!"

종교 단체는 기술과학의 발전을 지지하는 사람들의 모임과 함께 교주의 집 앞에 모여서 외쳤다.

"인공 자궁으로 생산된 아기에 대한 지적 재산권은 우리 기술과학의 발전을 지지하는 사람들의 모임이 가지고 있습니다! 현대 기술과학의 발전상을 부정하며 엄연한 진실을 호도하는 경찰은 각성하십시오!"

경찰은 수사 결과 기술과학의 발전을 지지하는 사람들의 모임이 인공 자궁으로 아기를 출생시키는 설비를 보유하고 있지 않다는 결론을 내렸다. 기술과학의 발전을 지지하는 사람들의 모임이 수많은 동영상에서 보여 준 하얀 가운을 입고 마스크를 쓴 과학자들과 거대하고 번쩍이는 은빛 장치와 설비가 들어찬 '우수한 아기를 인공적으로 출생시키는 연구소'는 분석 결과 생성형 인공지능과 이미지 조작 프로그램을 적당히 사용해 만든 합성물이었다. 경찰은 기술과학의 발전을 지지하는 사람들이 동영상에 매번 내세운 연구소가 현실에 존재하지 않으며, 인공 정자와 인공 난자 생성 및 인공 자궁 운영에 적정한 설비를 모두 보유한 시설을 국내에서 찾지 못했다고 발표했다.

이후 경찰은 적법하게 발부받은 영장에 의거하여 교주의 집에서 교주가 사용하던 개인 물품과 소지품을 다양하게 압수했다. 이러한 물건들은 합법적인 절차를 거쳐 교주의 유전자 검사에 활용되었다. 검사 결과 솜털은 교주의 친자일 가능성이 99.9997%인 것으로 확인되었다. 종교 단체는 0.0003%의 오차 가능성이 있으니 자신들이 지정한 기관에서 다시 검사해야 한다고 주장했다. 교주의 행방은 여전히 경찰이 쫓고 있었다.

관은 경찰의 연락을 받고 고민에 빠졌다. 표에게 어떻게 말해야 할지 알 수 없었다.

"네가 옆에 있었으면 좋을 텐데. 아니면 내가 당장 네 옆으로 갈 수 있거나."

관이 화면으로 사랑하는 사람의 얼굴을 바라보며 괴로워했다. 표가 재촉했다.

"왜 그래? 안 좋은 일이야?"

관은 크게 숨을 들이쉬었다.

"제발 나를 미워하지 말아 줘. 나도 경찰에서 연락받았을 뿐이야."

"그만 하고 빨리 말해. 무섭단 말이야."

표가 불안한 얼굴로 말했다. 관은 깊이 숨을 내쉬었다.

"네가 그 교주의 친자일 확률이 99.9997%래."

"뭐?"

표는 이렇게 소리친 뒤에 할 말을 찾지 못했다. 입을 조금 벌리고 화면 속에서 관을 멍하니 바라보았다. 관은 경찰에서 받은 유전자 검사 결과지를 화면 앞에 펼쳤다.

"너의 어머니 시신이 발견된 건물이 옛날에 그 교주가 운영하는 종교 단체 소유였대. 그때는 현재 교주의 아버지가 교주였지. 그래서 경찰은 이전 교주를 의심하고 있었대. 그렇지만 건물이 10년 이상 추종자들의 집합 숙소로 사용되었기 때문에 교주가 살인을 저질렀는지 아니면 그 집에 살거나 드나들었던 다른 누군가 범행을 저질렀는지 특정할 수가 없었대."

관이 경찰에 꼬치꼬치 캐물어 알아낸 바에 따르면 시신을 발견하고 경찰에 신고한 사람은 이주노동자였다. 그는 이미 오래 전에 자기 나라로 돌아가서 연락할 길이 없었다.

당시 그는 종교에 심취한 것이 아니라 지낼 곳이 필요했기 때문에 종교 단체의 공짜 숙소가 편리해서 머무르고 있었다고 경찰에 진술했다. 같은 건물 안의 다른 집들도 종교단체에서 사용했으므로 그는 몇 번 숙소를 옮긴 적이 있었다. 그래서 그는 다른 집 베란다에는 '이상한 커다란 통'이 없다는 사실을 알고 있었다. 항아리는 오래되고 낡고 보기 흉했으며 군데군데 금이 가 있었다. 그 '이상한 커다란 통'이 어떤 용도에 사용되는지, 안에 무엇이 들어 있는지 아는 사람은 아무도 없었다.

함께 숙소를 사용하는 사람이 많았기 때문에 이주노동자는 거실의 베란다 문 근처에서 잠을 잤다. 그는 매일 밤 항아리를 보며 잠들었고 아침에 깨어났을 때 가장 먼저 눈에 들어오는 물건도 항아리였다. 그래서 항아리 뚜껑에 금이 가서 완전히 갈라졌다는 사실을 가장 먼저 눈치 챈 사람도 이주노동자였다. 바람이 불 때마다 갈라진 뚜껑이 덜걱거렸고 그는 항아리가 덜컹거리는 소리 때문에 제대로 잠들 수 없었다. 그래서 어느 바람 부는 밤에 그는 베란다에 나가서 항아리 뚜껑을 열어 보았다.

"그 안에 내 엄마가 있었던 거야?"

표가 물었다. 관이 고개를 끄덕였다.

"그래."

시신이 발견되자 이주노동자는 공포에 질려 바로 경찰에 연락했다. 경찰이 건물에 도착했을 때 그 집에 남아 있는 사람은 이주노동자뿐이었다. 집을 숙소로 사용하던 다른 사람들은 모두 도망치고 없었다. 이주노동자는 경찰에서 조사를 받았다. 검시관에 따르면 시신은 최소한 10년 이상 전에 사망하여 베란다의 항아리 안에 방치된 것으로 보였다. 이주노동자는 1년 전에 입국했고 그 이전에는 입국한 기록이 없었다. 혐의가 벗겨지자마자 이주노동자는 그대로 짐을 싸서 자기 나라로 돌아가 버렸다. 경찰은 이런 상황들을 포함하여 수사의 과정을 최대한 자세히 관에게 설명해 주었다. 관은 표와 직접 관련이 없는 이야기는 굳이 늘어놓지 않았다.

표가 잠시 생각한 뒤에 또 물었다.

"사진 같은 거…… 혹시 있어?"

관이 고개를 저었다.

"경찰이 보여 주긴 했는데, 나한테 사진을 줄 수는 없대."

표는 낙담했다. 관이 설명했다.

"내가 물어봤어. 그랬더니 경찰이 네가 직계혈족이라는 걸 증명하고 정보 요청인지, 정보 공개인지, 그런 걸 신청하면 줄 수도 있대. 반드시 가족이 직접 해야 된대."

"너도 가족이잖아?"

표가 되물었다. 관이 고개를 저었다.

"사위는 해당이 될지 잘 모르겠다고 경찰이 말했어. 네가 준 대리인 위임장을 보여 줬더니 경찰이 그건 될지도 모르겠대. 그래서 내가 네 이름으로 신청은 해 놨어. 어쨌든 시간이 걸릴 거야. 기다려 봐야지."

"사진에서 우리 엄마 어땠어?"

표가 조그맣게 물었다.

"엄마가 많이 다친 모습이었어?"

"시신 보존 상태가 좋다고 경찰이 말했어. 그래서 유전자도 채취하고 수사도 할 수 있었다고."

그것은 사실이었다. 관은 표의 생모가 바짝 말라 미라처럼 변한 상태로 두꺼운 비닐에 싸여 몸을 웅크리고 있었다는 말은 하지 않았다. 현장 사진 속에서 표의 생모는 작고 회색이었다. 먼지나 시멘트 가루 같은 것에 뒤덮였기 때문인지 시간이 오래 지나 그런 색으로 변한 것인지는 알 수 없었다. 작고 마르고 회색이고 무척 연약해 보였다.

"엄마는 지금 어디에 있어? 시신이 보관돼 있어?"

표가 물었다. 관은 고개를 저었다.

"여기 법률에 따라서 시 정부가 무연고자 묘에 안장했대. 내가 묘 위치하고 번호는 가지고 있어."

"가 줄래?"

표가 부탁했다.

"가서 나 대신 인사해 줘."

"그래, 그리고 이장도 해야 해."

관이 제안했다.

"무연고자 묘는 시 정부가 10년까지만 관리한다고 경찰이 그랬어. 시신이 발견된 지 9년이 지났어. 관리 기간이 끝나기 전에 우리가 모셔 와야 해."

"다음번에 돌아가면 엄마를 모셔 와야겠구나."

표가 말했다. 관이 고개를 끄덕였다.

"마마 안나하고 마마 마리아한테도 의논해 봐. 어머니들은 어떻게 해야 하는지 아실 거야."

영상통화를 종료하려다 표가 문득 말했다.

"그런데 있잖아."

"응."

"내 엄마가 범죄 피해자라는 건 어떻게 알았어?"

"뭐?"

관은 바로 이해하지 못했다. 표가 설명했다.

"그때 경찰에서 처음 유전자 채취할 때 네가 그랬잖아. 미해결 실종자 가족만이 아니고 미해결 범죄 사건 피해자의 유전자 하고도 대조해 달라고. 어떻게 알았어?"

"내가 피해자니까."

관은 잠시 생각하다가 이렇게만 말했다.

"그럼 나도 피해자야? 그건 싫어. 난 피해자로 살고 싶지 않아."

표가 즉각 반박했다.

"생존자야."

관이 고쳐 말했다.

"다음번에 돌아오면 같이 너의 어머니를 만나러 가자. 우리가 생존해서 이제 어머니를 모시러 왔다고 말하자."

"그래."

표가 고개를 끄덕였다.

영상통화를 종료하고 관은 돌아섰다. 눈앞에 사람이 떠 있었다. 머리가 길고 하얀 옷을 입고 있었다. 작고 마르고 연약했다. 그러나 여성은 희미하게 웃고 있었다.

"전에는 왜 안 나타났어요?"

관이 물었다.

"당신의 아이가 바로 여기, 이 집에 있었는데."

여성은 어째서인지 고개를 끄덕였다. 그리고 조용히 몸을 돌려 사라져 버렸다.

16_1.   아기의 집

섬은 아기를 기다리고 있었다.

섬의 집에 남자가 왔다. 그는 섬의 아기를 데려간 남자가 아니었다.

아기는 돌아오지 않았다.

섬은 기다리고 있었다.

영원히 기다릴 것이다.

17.   청소

종교 단체의 교주가 아기 솜털에 대한 친권을 주장하기 시작
했다. 교주는 또한 솜털의 어머니 양서(가명) 씨가 미성년자이므
로 양서(가명) 씨도 자신이 돌보아야 한다는 의견을 내놓았다.

"그쪽에서 그런 걸 주장해도 돼? 어떻게 그럴 수가 있어?"

무정형은 아이들의 옷을 색깔별로 대충 나누어 빨래 망에
넣으며 기겁을 했다.

"나도 몰라. 주장이야 할 수 있겠지. 그런 것들이 제정신이겠
니. 거긴 신생아 세탁기야, 그쪽 말고 이쪽에 넣어."

정사각형이 대답했다. 무정형은 빨랫감을 채워 넣은 빨래 망
을 정사각형이 알려 준 대형 세탁기에 던져 넣었다. 이어서 무

정형은 세탁실 뒤쪽으로 가서 정리함을 열고 다른 빨래 망을 가져왔다. 엉켜 있는 세탁물을 분류하면서 무정형은 빨랫감 무더기 속에서 크고 푹신한 수건을 끄집어냈다. 키 큰 양육선생님이 말했다.

"그건 아기 거예요, 저 주세요."

"어!"

키 큰 양육선생님 등에 업힌 아기가 맞장구쳤다. 무정형은 웃으며 큰 수건을 넘겨주었다.

"솜털 엄마는 어때? 마음 고생이 많겠다."

무정형이 정사각형에게 물었다. 정사각형이 3호 세탁기에 세제를 넣고 '표준' 스위치를 눌렀다.

"복잡하지. 피해 사실을 피해자가 증명해야 되는 게 너무 힘들지. 생각도 하기 싫은 일을 변호사 앞에서 얘기하고 경찰한테 얘기하고 검찰한테 얘기하고 재판하러 가서 법원에서 모르는 사람들 앞에서 또 얘기하고 그걸 몇 년이나 해야 되는데."

'몇 년'이라는 말에 무정형은 다시 기겁했다.

"그럼 솜털은 그동안 어떻게 해?"

"솜털은 엄마랑 같이 여기서 살 거야. 아무도 못 데려가. 그 기과발지인지 범죄자 집단하고 사기꾼 종교 단체하고 색종이 괴롭혀서 죽인 클리닉하고 몽땅 한통속이라는 건 경찰 조사에서 다 나왔으니까 그것들은 솜털이랑 솜털 엄마 근처에도 못와."

정사각형이 단호하게 대답했다.

"'기과발지'가 이제 정식 명칭이 된 거야?"

무정형이 씁쓸하게 웃으며 물었다. 정사각형은 웃지 않았다.

"기술과학의 발전을 지지한다고 자기들이 그랬잖아. 살인범들 모임이라 그런지 단체 이름도 참 괴상망측하지."

"아암마!"

키 큰 양육선생님 등에 업혀 대화에 귀를 기울이던 아기가 정사각형의 의견에 동의했다.

"구름이도 나쁜 사람들이 싫지?"

정사각형이 진지하게 물었다.

"아암!"

아기 구름이가 대답했다.

"구름이 말이 맞아. 이래서 난 구름이가 좋더라."

정사각형이 아기 구름이를 심각하게 바라보며 말했다. 키 큰 양육선생님이 웃으며 아기용 세탁기에 세탁물을 넣었다.

빨랫감을 전부 정리해서 세탁기에 나누어 넣고 세제까지 넣는 작업을 마치고 세 사람은 줄지어 선 대형 세탁기들의 스위치를 눌렀다. 세탁기가 빨래를 하는 동안 어른들은 진공청소기를 돌린다. 청소하는 날은 언제나 그런 순서로 진행한다. 세 사람은 세탁실을 나와 청소도구를 가지러 가는 중이었다.

"눈송이이이이이이!!!!"

삼각형의 목소리가 쩌렁쩌렁 울렸다. 거의 동시에 커다란 하얀 개가 무정형의 눈앞을 휙 지나갔다. 이어서 삼각형의 휠체어가 거실을 질주했다. 삼각형이 무정형에게 팔을 휘둘렀다. 무정형은 과장되게 옆을 피하며 도망치는 시늉을 했다.

"조심해서 다녀라 좀!"

정사각형이 잔소리했다.

"엄마아아아아아!!!"

정사각형의 말이 채 끝나기도 전에 가루가 달려와 정사각형에게 푹 안겼다.

"어이쿠! 왜 이렇게 힘이 세졌대?"

정사각형이 신음했다. 가루와 정사각형의 뒤와 옆으로 다른 아이들이 눈송이와 삼각형을 따라 고함을 지르며 우르르 달려지나갔다.

가루는 얼마 전부터 외골격로봇을 착용하기 시작했다. 보건부와 제조사는 '이동보조형 외골격 기구'라는 어정쩡한 분류를 새로 만드는 데 합의했다. 이 '이동보조형 외골격 기구'는 환자나 장애 경험자 외에도 노약자, 부상자 등이 폭넓게 사용할 수 있도록 보건부의 규제와 함께 지원도 받는 제품으로 승인되었다. 아이들의 집에서도 이동취약자용 보조기구로 외골격로봇을 신청했다. 가루는 목발과 외골격로봇을 번갈아 사용하며 기능과 실용성을 시험하고 있었다.

"삼각형 때문에 애들이 다 괴성을 지르는 게 유행이 돼 가지고 원……. 아니 너는 대체 어느 집 강아지야?"

정사각형이 가루의 옷에 붙은 하얀 강아지 털을 하나씩 떼어 주며 물었다.

"눈송이하고 놀 거야."

가루가 생글생글 웃으며 말했다. 정사각형이 가루의 머리카락에 붙은 강아지 털을 떼며 부탁했다.

"노는 건 좋은데 지금 청소해야 되니까 제발 눈송이하고 삼각형 좀 밖에 데리고 나가 줄래?"

"응!"

가루가 대답했다. 그리고 양팔을 휘두르며 외골격로봇을 철컥거리며 달려갔다.

"개털은 사방에 박혀서 세탁기 돌려도 잘 안 빠지더라구…….
뻣뻣해서……."

정사각형이 가루에게서 떼어 낸 강아지 털이 도로 날리지 않게 손가락으로 꼼꼼하게 뭉치며 투덜거렸다.

무정형은 뒤에서 단단한 물체가 다리에 가볍게 부딪치는 것을 느끼고 돌아보았다.

- 청-소를- 하십시오.

앨리스가 말했다.

- 동물-의 털-은 어린-이에게 알레-르기와 천-식을 일으킬-수 있-습니다. 청소-를 하-십시오.

"너는 참 죽었다 깨나도 일관성 있게 잔소리 대마왕이구나."

무정형이 말했다.

- 로-봇은 일-관성 있습-니다. 사람-만 변덕-입니다.

"그 말은 맞다."

정사각형이 옆에서 거들며 웃었다.

무정형이 불만 가득한 목소리로 앨리스에게 물었다.

"넌 청소 안 해?"

- 로-봇은 인간-의 안-전을 지킵-니다. 청소-는 인간-이 합니다.

앨리스가 거만하게 대답했다.

양육선생님들이 대형 진공청소기를 끌고 거실로 나왔다. 무정형도 청소기를 하나 맡아서 작동시켰다. 흡입하는 소리도 시끄럽고 청소기 몸통이 커서 무거웠다. 무정형은 열심히 무거운 진공청소기를 끌고 밀며 거실을 청소했다. 앨리스가 청소기와 무정형의 뒤를 따라다녔다.

"걸리적거려. 저리 가."

무정형이 청소기를 밀며 뒤에서 따라오는 앨리스를 구박했다. 앨리스는 대답하지 않았다. 그저 무정형의 뒤를 열심히 따라다녔다.

18.　아이들의 집

색종이의 어머니는 남편과 이혼한 뒤에 아이를 혼자 키우며 종교 단체에 의지했다. 사람은 본래 마음이 혼란스럽고 앞날이 불안하면 종교에 의지하는 법이다. 종교란 그렇게 무섭고 불안한 때에 사람에게 의지가 되고 방향을 제시하기 위해 존재하는 것이기도 하다.

사이비종교나 이단은 이렇게 불안한 상황에 처한 취약한 사람을 이용하게 마련이다. 범죄자들이 만든 종교 단체에서는 '아이를 똑똑하게 잘 키우지 못하면 남편이 아이를 빼앗아 갈 것이다' '여자 혼자서도 아이를 잘 키울 수 있다는 사실을 증명하지 못하면 정부가 개입해서 아이를 빼앗아 다른 집에 입양시킬 것이다'라는 말로 색종이의 어머니를 위협했다. 색종이의 어머니는 아이를 빼앗길 것이라는 두려움 때문에 교주가 지시하는 대로 '클리닉'에 색종이를 억지로 보내 전기 고문을 했다. 색종이는 괴로워했다. 종교 단체와 교주와 '클리닉' 원장은 그것이 색종이가 '똑똑하지 못한 아이, 뒤떨어지는 아이'라는 증거라고 주장했다. 그러면서 아이가 계속 '뒤떨어지면' 색종이를 '아빠 엄마가 다 있는 정상 가정'에 입양보내야 할 것이라며 색종이의 어머니를 협박했다.

아이를 빼앗기지 않기 위해서, 색종이의 어머니는 자식을 고문하고 그 대가로 '클리닉'에 엄청난 돈을 지불해야 했다. 또한 색종이의 어머니는 클리닉의 원장이 주는 '영양제'를 먹었다. 이 '영양제' 가격도 평균적인 가정의 경제 상황을 휘청거리게 하기에 충분할 정도로 비쌌다. 그리고 '영양제'는 색종이 어머니의 경제 상황만이 아니라 정신까지 뒤흔들고 판단력을 잃게 만들었다.

'영양제' 재고는 커다란 비닐 자루 안에 담겨 클리닉 내부 창고 안에 쌓여 있었다. 이 '영양제'의 주성분은 마약류로 분류되어 국내 반입도 사용도 엄격하게 금지된 물질이었다. 클리닉의 '원장'은 의료인도 아니고 약학 방면의 자격이나 경력도 없었다. 경찰은 그냥 일반인인 '원장'이 대체 무슨 수로 이런 성분을 대량으로 입수했는지, 사이비종교 단체 혹은 그에 소속된

263

다른 이름 이상한 '모임'들은 마약 수입과 유통에 어떤 역할을 했는지 조사하고 있었다.

"엄마는 나하고 동생을 뺏길까 봐 무섭지는 않았어?"

무정형은 어머니에게 물었다.

"무서웠지. 지금도 무서워."

어머니가 즉각 대답했다.

"기계가 너희들을 빼앗아 갈까 봐, 기계가 너희들을 머릿속까지 다 먹어 버릴까 봐 무서웠어."

"나하고 동생을 다시는 못 만날까 봐 무섭지는 않았어?"

무정형이 다시 물었다.

"나는 엄마 다시는 못 만나는 줄 알고 너무너무 무서웠거든."

"무서웠지."

어머니가 조용히 말했다.

"그럼 왜 우리를 안 찾았어?"

무정형이 다시 물었다.

"내가 이 모양이니까."

무정형의 어머니가 대답했다.

"내가 너희한테 위험할지도 모르잖아."

"엄마가 우리한테 왜 위험해."

무정형이 부드럽게 반대했다. 어머니가 고개를 저었다.

"위험했어. 엄마는 망가졌으니까, 그때, 너희들이 어렸을 때는 위험했어."

"지금은?"

무정형이 다시 물었다.

"지금은 괜찮아?"

"나도 몰라."

어머니가 속삭였다.

"그래도 지금은 우리들이 다 컸으니까, 괜찮지 않을까?"

무정형이 말했다.

"괜찮았으면 좋겠어."

어머니가 말했다. 그리고 무정형에게 손을 내밀었다.

무정형은 어머니의 손을 잡았다.

어머니를 면회한 뒤 병원을 나와서 무정형은 아이들의 집에 전화했다. 신원을 밝힌 뒤에 물었다.

"저 오늘 거기서 자도 될까요?"

"개인실, 2인실 다 차서 자리가 없는데요."

전화를 받은 당직 양육선생님이 조금 곤란해했다.

"침낭 가져가서 아이들 방에서 자면 안 될까요?"

무정형이 다시 물었다.

"잠시만요."

담당 양육선생님이 여러 사람과 의논하는 소리가 작게 들렸다. 그런 뒤에 담당 양육선생님이 대답했다.

"네, 개인 침낭 가지고 오세요."

무정형은 저녁 늦게 침낭과 세면도구를 챙겨서 아이들의 집으로 갔다. 어린아이들은 위층으로 올라가 잘 준비를 하고 있었고 좀 더 큰 아이들은 거실에서 놀거나 책을 읽거나 이야기하거나 쉬고 있었다.

"눈송이가 없네요?"

무정형이 양육선생님에게 물었다.

"네, 삼각형네 가족이 친척 결혼식 갔거든요. 모레 온대요."

양육선생님이 대답했다. 무정형은 조금 섭섭했다.

소등 시간이 되었다. 무정형은 거실 불을 끄고 공기청정기가 가동 중인 것을 확인하고 침낭을 끌고 위층으로 올라갔다. 아이들의 자는 방의 문은 약간 열려 있었다. 무정형은 소리를 내지 않으려 조심하며 안으로 들어갔다.

방 안은 어두웠지만 완전히 캄캄하지는 않았다. 방 안에서 원통형 로봇이 아이들이 자고 있는 이층 침대 사이를 천천히 돌아다녔다. 무정형은 문 맞은편 구석 벽 아래 침낭을 깔고 누웠다.

살짝 열린 문이 움직였다. 문이 조금 더 넓게 열렸다. 그 사이로 원통형 로봇이 미끄러져 들어왔다. 로봇의 몸통에서 부드러운 파란 불빛이 흘러나왔다. 무정형은 앨리스가 움직일 때마다 좌우로 살짝 기우뚱거리는 것을 알았다.

"진짜 삐걱거리네."

무정형이 중얼거렸다. 앨리스가 다가왔다.

"저리 가. 나 잘 거야."

무정형이 속삭였다. 앨리스는 몸통을 좌우로 천천히 흔들었다.

"넌 애들 지켜야지. 여기 있으면 어떡해."

무정형이 다시 말했다. 앨리스는 대답 대신 그저 몸통을 다시 좌우로 천천히 흔들었다.

"다 나은 거지?"

무정형이 물었다. 그리고 손을 뻗어 앨리스의 몸통 아래쪽을 살짝 쓰다듬었다.

앨리스가 다시 몸통을 좌우로 천천히 흔들었다. 파란 불빛이 몸통에서 부드럽게 깜빡거렸다.

"난 잔다."

무정형이 말했다. 앨리스가 조금씩 기우뚱거리며 아이들의 침대 사이를 순찰하기 시작했다.

무정형은 침낭 안에서 돌아누웠다. 앨리스가 움직이는 낮은 기계음에 귀를 기울였다. 그러면서 무정형은 천천히 포근한 잠에 빠져들었다.

1

『아이들의 집』 교정을 볼 무렵 장애인 탈시설 활동가들이 고공농성에 돌입했다 15일이나 걸려 종교계와 보건복지부와의 면담을 성사하고 농성을 종료했다. 교정지를 읽으며 나는 탈시설에 대해 생각했다. 아이들을 시설에 가두자는 얘기가 아닌데, 그렇게 보이면 어떡하나 걱정했다.

『아이들의 집』은 돌봄과 양육을 국가와 공동체가 가장 중요한 가치로 생각하는 상상의 어떤 사회에 대한 이야기다. 이 허구의 사회에선 아이에게 부모가 있는지 혹은 양육해 줄 다른 가족이 있는진 별로 중요하지 않다. 있으면 좋지만 없어도 상관없다. 거주할 집이 있는지, 안정된 수입이 있는지도 중요하지 않다. 집이 필요하면 국가에서 제공한다. 아이의 식사와 교육과 돌봄은 아이들의 집과 학교에서 제공한다. 이 허구의 사회에서 살아가는 시민들은 한 달에 한 번 돌봄을 이행할 의무가 있다. 돌봄 의무를 이행하는 사람들 역시 어렸을 때 '아이들의 집'에서 먹고 자고 놀며 성장했을 것이다. 그러므로 아이들의 집은 사회와 차단된 보육시설이 아닌, 이런 제도에 익숙한 공동체 사람들, 모든 연령대의 사람들이 계속 드나들며 함께 살아가는 공간이다.

2

영유아 해외 입양은 지금도 계속 이루어지고 있다. 세계 최저의 출산율을 자랑하는 한국, 인구절벽을 맞닥뜨렸다는 나라가 아이들을 여전히 외국으로 팔아넘기고 있다. 행정안전부 2023년도 기준 입양 통계를 보면 2010년도 이전에 16만 3,696명의 아동이 해외로 입양되었다. 2011년부터 2023년까지 총 4,810명이 해외에 입양되었다. 국외 입양은 남아가 67.1퍼센트, 여아가 32.9퍼센트로 남아의 비율이 높고, 1~3세 아동이 96.2퍼센트를 차지한다. 입양 아동이 발생한 사유는 미혼모(부)가 72.9퍼센트로 가장 많고 유기 아동 23.6퍼센트, 이혼이나 부모 사망 등 가족 해체가 3.5퍼센트다. 그러니까 부모가 결혼하지 않고 낳은 아기, 가족이 키울 수 없어 버린 아기는 국가에서 책임지지 않는 것이다. 외국으로 넘겨 버리는 것이다.

그럼에도 정부는 왜 자꾸 저출생을 걱정하며 아이를 낳으라
는지 알 수 없다. '부모 사망 등 가족 해체'가 입양 사유라고 행
정안전부 통계에도 나와 있다. 국가와 사회가 원하는 대로 결
혼해 아이를 낳았다가 부모가 사고라도 당하면 어떡하란 말인
가? 아무도 책임지지 않고 아이는 버려질 텐데 뭘 믿고 대책
없이 아이를 낳겠는가? 여차하면 외국에 팔아넘겨야 하니까
'재고'를 많이 낳아 두라는 뜻인가?

해외 입양 국가 통계도 이상하다. 가장 많이 보내는 곳은 전
통적으로 미국이다. 그 뒤로 캐나다, 스웨덴, 이탈리아, 노르웨
이, 호주, 룩셈부르크, 덴마크, 프랑스 순이다. 아시아 국가는
하나도 없다. 어째서 한국은 한국인 아이를 수십 년이나 꾸준
히 백인 국가에 보내는가? 피부색과 얼굴 생김새만으로도 아
이는 자신이 키워 준 나라에 속하지 않는다는 것을 평생 느끼
며 살아야 한다. 한국 사회와 정부는 한국인 아이가 한국인으
로 자라길 원치 않는가? 한국 사회와 정부는 백인의 나라를
추앙하는가?

3

한 시사 교양 프로에서 80년대에 덴마크로 입양되어 성인이
된 후 한국에 가족을 찾으러 온 사연을 보았다. 극적으로 가족

을 찾았는데, 부모는 그녀가 죽었다고 알고 있었다. 조산아로 태어났는데 산부인과 의사는 아이가 죽었다고 전했다. 부모 형제들을 찾고 자신이 버려진 게 아니었다는 사실을 확인한, 그나마 운이 좋은 경우였다. 병원에서 입양 기관으로 어떤 경로를 통해 이동했으며 어떻게 입양되었는지 기록도 없고 말해주는 이도 없어 여전히 진실은 시간 속에 파묻혀 있다.

또 다른 입양인은 가족이 심한 병에 걸려 아버지가 건강한 아이마저 죽을까 두려워서 가까운 보육시설에 잠시 맡겼는데 시설에서 돌려주지 않은 경우였다. 아버지는 곧 아이를 찾으러 갔지만, 시설에선 아이가 이미 입양되었다는 말만 하며 자세히 알려 주지 않았다고 한다. 그것은 거짓말이었다. 아이는 그 시설에 그대로 있었고, 몇 년 뒤 '고아'라는 기록과 함께 해외로 입양되었다. 아이가 한국에 돌아와 결국 가족을 찾았지만 아버지는 이미 사망한 후였다.

집 근처에서 놀던 딸이 사라져 40년간 딸을 찾아 헤맨 어머니도 있다. 기적적으로 딸을 찾고 눈물의 상봉을 했는데, 아이는 엉뚱하게도 미국에 입양되어 자랐다. 딸은 어떤 여자가 자신을 데려갔다고 기억하고 있었다. 길을 잃은 게 아니라 의도적인 유괴와 해외 입양이라는 이름의 아동 인신매매가 의심되는 경우인데 기록이 충분하지 않아 추적할 수도, 유괴 사실을 입증할 수도 없다.

양부모가 국적 신청을 하지 않아 평생 살았던 나라에서 추방되어 한국에 버려지고 노숙인이 된 해외 입양인의 이야기도 방송에서 알게 되었다. 이런 이야기들은 수도 없이 많다. 대부분 제대로 된 기록이 없다. 자신이 누구이며 왜, 어떤 경로로 입양되었는지, 입양인들이 공통적으로 갖는 이 가장 기본적인 질문에 한국의 어떤 제도도 기관도 제대로 답해 주지 않는다.

그냥 버린 것이다. 백인들의 나라에.

4

2018년에 국회 앞에서 비정규교수노조가 고등교육법 개정안, 일명 '강사법' 통과를 위한 노숙농성을 했을 때 국회의사당역 6번 출구 앞에는 형제복지원 피해자분들이 농성을 하고 있었다. 아침 8시에 농성장에 가면 형제복지원 생존자분과 마주쳤다. 그분은 '농성 ○○○일째'라는 조끼를 걸치고 국회의사당 주변을 한 바퀴 돌았다.

형제복지원 피해자들은 나의 비슷한 세대다. 어린이대공원에 고모와 함께 놀러갔다가 고모가 화장실 간 사이에 제복 입은 남자들에게 끌려갔다는 한 피해자분의 증언이 충격적이라 기억에 남아 있다. 어린이대공원 인근에서 오래 살았고 여러 번 놀러갔었기 때문이다. 길을 가다 경찰에 끌려갔다는 증언도 아주 많다. 형제복지원에 감금된 자녀를 찾아왔다가 아버지까지 형제복지원에 갇혀 버린 경우도 있다.

형제복지원을 운영했던 범죄자는 국가 지원금을 받았다. 납치해 끌고 오는 어린이의 숫자가 많아질수록 범죄자의 주머니에 들어가는 돈도 많아졌다. 형제복지원은 강제수용소였다. 정당한 절차를 거치지도 않고 재판을 하거나 어떤 법적인 판결을 받아 입소하는 것도 아니었다. 무조건 끌려갔고, 강제로 노역을 했다. 피해자들은 땅을 다듬고 건물을 지어 자신들을 가둔 수용소를 점점 크게 지었다. 그러다 산을 넘어 스스로 탈출해 세상에 형제복지원의 존재를 알렸다.

어린이 청소년 강제수용소의 '원조' 격인 선감학원은 일제 강점기였던 1942년에 문을 열었다. 일본은 우생학적 관점에서 조선 사람이 열등하므로 피지배 민족으로 남아야 한다는 '과학적'인 이유를 찾으려 했다. '불량소년'의 개념과 이들을 '교화'하는 시설에 대한 법률이 이렇게 만들어졌다.

영유아 납치와 해외 인신매매, 형제복지원과 자애원 등 아동과 여성 강제수용소, 그리고 '삼청교육대'로 대표되는 성인 강제수용소의 국가 폭력이 자행된 시기는 대략 비슷하다. 70년대에서 80년대까지 한국 사회는 독재 권력자가 자국민을 뿌리 깊은 증오와 혐오로 대했던 시기인 듯하다. 그 증오와 혐오는 가장 약한 존재에게 가장 심하게 덮쳐 왔다.

2021년 형제복지원 피해자 13명이 국가를 상대로 첫 피해배

상 소송을 제기했고, 올해 3월 대법원이 피해자들의 승소를 확정했다. 다른 피해자들도 잇따라 소송을 제기하고 있다. 대한민국은 여러 형제복지원 피해자들의 법적 대응에 사과하거나 인정하지 않고 계속 항소하고 상고하며 맞대응하고 있다.

대한민국 정부는 여전히 자국민을 증오하는 듯하다.

5

아동 학대 사망 사건은 끊임없이 일어난다. 양천구 아동 학대 사망 사건의 경우 피해 아동의 상태가 좋지 않은 것을 일찌감치 눈치 챈 어린이집 선생님들과 소아과 의사선생님, 즉 신고의무자들이 제대로 신고를 여러 번 했다. 그런데 경찰은 양부모의 말을 믿고 아이가 죽을 때까지 내버려두었다. 아동에 대한 부모의 권력은 한국 사회에서 절대적이다. 양부모나 계부모의 아동 학대는 언론에 선정적으로 크게 보도되지만 보건복지부 2023년 통계에 의하면 학대 행위자의 85.9퍼센트가 친부모다. 학대가 일어나는 장소도 가정이 82.9퍼센트로 가장 높다. 어떤 아이들에게 집은 닫힌 문 안에 가려진 지옥이다.

아이의 삶의 경험은 한정적이다. 자신이 경험하는 것이 학대라는 사실을 아이가 인지하고 스스로 그 상황에서 탈출할 방법은 별로 없다. 스스로 탈출한다 해도 한국 사회는 '남의 아이'를 돌봐 주지 않는다. 그런 세상에서 아이가 집을 나오면 대체 어디로 가겠는가?

그래서 나는 모든 아이에게 언제나 갈 곳이 있는 사회, 언제
나 지낼 집이 있고 언제나 반갑게 맞이해 주고 돌봐 주는 존재
들이 있는 사회를 상상하고 싶었다. 어른도 불완전한 한 인간
일 뿐인데, 그런 한두 명의 어른들이 가정이라는 폐쇄된 울타
리 안에서 아이의 목숨과 미래를 온전히 책임지지 않아도 되
는 사회를 상상하고 싶었다.

좀 더 안전하고 평온한 사회를 상상하고 싶었다. 행복은 각
자 느끼는 것이므로 그런 사회가 더 행복할지는 알 수 없다. 어
쨌든 마음 놓고 살 수 있다면, 안심하고 지내다가 행복하다고
느끼는 순간도 찾아올 것이다.

행복하거나 행복하지 않은 모든 아이들, 살아남아 어른이 된
사람들, 살아남지 못한 사람들에게 위로와 연대를 전한다.

아이들의 집

초판 1쇄 인쇄 2025년 5월 20일
초판 1쇄 발행 2025년 5월 25일

지은이 정보라
펴낸이 정중모
펴낸곳 도서출판 열림원

출판등록 1980년 5월 19일(제406-2000-000204호)
주소 경기도 파주시 회동길 152
전화 031-955-0700
팩스 031-955-0661   페이스북 /yolimwon
홈페이지 www.yolimwon.com   트위터 @yolimwon
이메일 editor@yolimwon.com   인스타그램 @yolimwon

주간 김종숙   **책임편집** 김은혜   **기획실** 정진우 정재우
편집 정소영 김혜원   **디자인** 강희철   **마케팅 홍보** 고다희   **디지털콘텐츠** 구지영
표지 디자인 상록   **표지 작업** 구지언   **제작** 윤준수   **영업 관리** 고은정   **회계** 김선애

©정보라, 2025

ISBN 979-11-7040-326-5 03810